Stefan Burban

Jenseits von Gut und Böse

STEFAN BURBAN

JENSEITS VON GUT UND BÖSE

CODENAME GANYMED 1

ATLANTIS

Eine Veröffentlichung des
Atlantis-Verlages, Stolberg
Mai 2023

Titelbild: Giusy Lo Coco
Umschlaggestaltung: Timo Kümmel
Lektorat und Satz: André Piotrowski

ISBN der Paperback-Ausgabe: 978-3-86402-883-0
ISBN der eBook-Ausgabe (ePub): 978-3-86402-884-7

Die sechs Romane dieser Mini-Serie erscheinen auch gesammelt in zwei Hardcover-Ausgaben, sie sind direkt beim Verlag erhältlich.

Besuchen Sie uns im Internet:
www.atlantis-verlag.de

Prolog

Invasionskorridor der Nefraltiri, ehemalige Welt der Terranisch-Republikanischen Liga Odin VI

(die letzten Tage des Nefraltiri-Krieges)

27. Juli 2899

Der republikanische Schlachtkreuzer TRS LOTHRINGEN schwenkte ohne Zwischenfälle und ohne Feindkontakt in den der Sonne abgewandten Orbit um den Hauptplaneten des Odin-Systems ein.

Trotzdem konnte Captain Georg Menzel das Gefühl sich anbahnenden Unheils nicht so ohne Weiteres abschütteln. In der Begleitung der LOTHRINGEN befanden sich vier kleine Korvetten zur Unterstützung sowie ein mittelgroßer Truppentransporter, der aber trotz seiner begrenzten Kapazität eine ganze Legion befördern konnte.

Menzel leckte sich über die Lippen. Das war an und für sich Wahnsinn. Der Krieg war quasi vorbei. Und alle wussten es. Seit die Nefraltiri vor so vielen Jahren in den Raum der Republik und der mit ihnen verbündeten Drizil eingefallen waren, hatten unzählige Lebewesen den Tod gefunden. Auf beiden Seiten. Die Nefraltiri waren mit bisher nie gekannter Grausamkeit gegen ihre Feinde vorgegangen. Ganze Systeme waren entvölkert worden, Millionen hatten ihr Heil in der Flucht gesucht, mit kaum mehr Habseligkeiten als das, was sie am Leib trugen.

Der Krieg neigte sich nun dem Ende entgegen. Eine vereinte Streitmacht aus Menschen und Drizil war in diesem Moment dabei, die Nefraltiri zurück durch den Riss in ihr eigenes Universum zu treiben. Und mit ein wenig Glück konnte man den Gegner dann auf eigenem Boden endgültig schlagen und den Riss wieder versiegeln.

Die strategische Lage beinhaltete allerdings einen Wermutstropfen. Die Spezies der Nefraltiri selbst war nicht sehr zahlreich, verfügte jedoch über enorme mentale Fähigkeiten. Zum Austragen ihrer Schlachten bedienten sie sich versklavter Völker. Da waren zum einen die Jackury, eine insektoide Rasse von Allesfressern, die Welten abgegrast und verwertet hatten – einschließlich ihrer Bewohner –, und die Hinrady, eine Kriegerspezies primatenähnlicher Wesen. Dummerweise hatten die Nefraltiri während ihres Rückzugs entweder gewollt oder vielleicht auch ungewollt eine große Anzahl ihrer Kämpfer zurückgelassen. Und diese waren es jetzt, die im Hinterland der eigentlichen Front Probleme bereiteten.

Vor etwas mehr als einer Woche hatte eine Gruppe Hinradyplünderer einen republikanischen Konvoi angegriffen und es war ihnen gelungen, eines der Hauptschiffe aufzubringen. Dabei war ihnen eine wertvolle Beute in die Hände gefallen: Major General Lyonel Marsden, der Befehlshaber dieses Sektors. Der Mann hatte sämtliche Verteidigungspläne in seinem Schädel, und obwohl der Krieg bereits gelaufen war, konnte das Wissen des Generals einer Menge Menschen das Leben kosten, falls es in Feindeshand geriet. Die Hinrady wollten offenbar partout nicht aufgeben, auch wenn ihre Herren sie längst im Stich gelassen und abgeschrieben hatten.

Menzel warf einen kurzen Blick zur Seite. »Wurden wir entdeckt?«

Seine XO, Commander Ludmilla Szymanski, konsultierte ihr Pad, schüttelte dann aber den Kopf, wobei sie eine verkniffene Miene machte. »Sieht nicht danach aus. Keinerlei Aktivität. Wären wir entdeckt worden, hätten wir die Kerle schon auf dem Hals.«

Menzel nickte zustimmend. Der kleine Verband war in den Orbit eingeschwenkt, als sich die drei Hinrady-Jagdkreuzer gerade auf der anderen Seite des Planeten befunden hatten. Nun umkreisten beide Parteien die Welt unter ihnen. Menzel hoffte, die Flohteppiche würden nicht plötzlich die Geschwindigkeit erhöhen. Im Moment schützte die Planetenkrümmung die republikanischen Schiffe vor der Entdeckung durch den Feind. Dabei handelte es sich jedoch um ein fragiles Gleichgewicht, zu dessen Erschütterung nicht viel notwendig war. Der Captain der LOTHRINGEN betete, dass die Zeit ausreichen würde.

»Geben Sie Signal an Colonel Rogers: Einheit absetzen. Einsatz starten.«

* * *

Lieutenant Colonel Nathaniel Rogers, Kommandant der 21. Irregulären Legion, der Rogers' Rangers, meinte, den Zug an seinem Körper zu spüren, als der Truppentransporter aus der Formation ausscherte und in die Atmosphäre eintrat.

Das war natürlich Unsinn, die Trägheitsdämpfer verhinderten das. Dennoch hätte er schwören können, dass sein Körper das Manöver auf eigene Weise wahrnahm.

In mehreren Modulen in den Sitzen angegurtet, saßen die fünftausendfünfhundert Mann der Einundzwanzigsten. Jeder einzelne Mann und jede einzelne Frau seiner Einheit hatte ihren Mut und ihren Wert auf unzähligen Welten im Kampf gegen Jackury und Hinrady unter Beweis gestellt. Und im Krieg davor auch gegen Drizil. Ihr Platz wäre bei Operation Grabstein gewesen. Sie hätten die Einsatztruppe begleiten sollen, die die Nefraltiri mit einem Tritt zurück in ihr eigenes Universum beförderte. Doch sie waren nun hier, um Babysitter zu spielen.

General Marsden zu befreien, besaß zweifelsohne eine hohe Priorität, aber das hätten auch andere Legionen problemlos erledigen können.

Nathaniel hielt einen Moment inne. War dem wirklich so? Die besten und kampfstärksten Einheiten der Republik befanden sich an der Front. Es waren nur wenige Legionen zurückgeblieben, um die menschlichen Welten zu schützen. Und die Einundzwanzigste war zweifelsohne die beste zur Verfügung stehende Kampftruppe.

Die 21. Irreguläre Legion bestand ausnahmslos aus Meistern im Guerilla- und Partisanenkampf. Sie wussten, wie man hinter den feindlichen Linien unbemerkt landete, um dem Gegner anschließend das Leben schwer zu machen. Nathaniel verzog die Mundwinkel zu einem höhnischen Grinsen. Die Hinrady hatten keine Ahnung, was ihnen bevorstand.

Nathaniel seufzte laut auf. Vermutlich hatte es wohl seine Berechtigung, dass Rogers' Rangers die Kastanien aus dem Feuer holten. Die Einheit stand in der Tradition ihres ursprünglichen Namensgebers aus dem 18.

Jahrhundert der Erde. Und die Mitglieder der Einundzwanzigsten waren zu Recht stolz darauf.

Nathaniel sah sich um, soweit es die sperrige Rüstung erlaubte. Hinter ihm konnte er die Soldaten der Befehlszenturie in ihren Sitzen erkennen. Jeder in die gleiche Rüstung wie auch er gehüllt. Die meisten von ihnen hatten ihren Helm noch nicht aufgesetzt. Soldaten genossen jede Sekunde, die sie nicht die sterile, immer wieder aufbereitete Luft ihrer gepanzerten Hülle einatmen mussten.

Nathaniel stülpte den Helm über und etablierte eine Komverbindung zu seinem Bruder, der die Sturmkohorte mit der Bezeichnung Puma kommandierte. Es dauerte nicht lange und Major Raymond Rogers meldete sich.

»Was gibt es, Bruderherz?«, war die unbeschwerte Stimme des Berufssoldaten zu hören.

»Hast du die neuesten Daten bereits gesichtet?« Noch bevor Raymond antwortete, rief Nathaniel die von der LOTHRINGEN übermittelten Sensorabtastungen auf sein HUD. Es wurde umgehend eine Karte eingeblendet.

»Bin gerade dabei«, gab Raymond zurück. »Sieht ziemlich unübersichtlich aus. Die Topografie könnte problematisch werden.«

»Dasselbe dachte ich auch gerade«, erwiderte Nathaniel und fuhr sich nachdenklich über das Kinn. »Sehr viel Gebirge. Sieht aus, als wäre der Planet eine einzige Steinplatte.«

»Was wollen die Burschen hier?«

»Wüsste ich auch gern, aber sie hätten nicht diesen Weg auf sich genommen, wenn es ihnen keinen Vorteil verschaffen würde.«

Raymond erwiderte eine ganze Zeit lang nichts. Als er sich jedoch abermals zu Wort meldete, klang seine Stimme Unheil verkündend. »Und falls der General schon tot ist?«

»Dann bringen wir seine Leiche zurück«, meinte Nathaniel. »Mir macht aber etwas anderes Sorgen.«

»Falls er schon tot ist, dann hat er vorher geredet«, sprach sein Bruder die Gedanken des Befehlshabers laut aus.

»Davon gehe ich auch aus«, stimmte Nate zu. »Die Hinrady haben sicherlich Mittel und Wege, einen Menschen zu brechen.«

»Wollen wir hoffen, dass es nicht so weit gekommen ist.«

Die LOTHRINGEN übermittelte weitere Daten und Nathaniel musterte sie mit dem kundigen Auge des geübten Soldaten. »Sieh dir mal die Zerfallsrate der Antriebssignatur an.«

»Die sind schon seit drei Tagen hier«, antwortete Raymond nach einem kurzen Moment.

»Was wissen wir eigentlich über Odin VI?«, verlangte der Befehlshaber der 21. Legion zu erfahren.

»Nicht viel. Wurde zu Beginn des Krieges von Jackury entvölkert und anschließend von den Hinrady übernommen. Seither ist dieses System wie ein Schwarzes Loch. Es taucht in keinem Bericht der Schattenlegionen auf. Und deren Aufklärungsberichte sind normalerweise akribisch genau.«

Bei den Schattenlegionen handelte es sich um das republikanische Äquivalent eines Geheimdienstes. Diese Elitesoldaten waren dafür verantwortlich, den Gegner zu überwachen und Daten zu sammeln. Außerdem bestanden diese kampfstarken Einheiten aus den besten Soldaten, die die Menschheit zu bieten hatte. Das war der Grund, aus dem sie auch verdeckte Operationen und Einsätze durchführten, die für gewöhnliche Legionen als allgemein zu hart galten.

Bei den Streitkräften gab es eine Redewendung: Willst du Unmögliches, dann ruf einen Schattenlegionär.

Nathaniel wäre zutiefst dankbar gewesen, hätten ihm zumindest eine oder zwei Zenturien der Schattenlegionen zur Seite gestanden. Aber auch diese befanden sich derzeit vollständig an der Front im Kampf mit den verbliebenen Kräften der Nefraltiri.

Nathaniel lehnte sich in seinem Sitz zurück und dachte angestrengt nach. Er ließ sich die angezeigten Informationen Bit für Bit erneut durch den Kopf gehen.

»Raymond?«, wandte er sich wieder an seinen Bruder.

»Ich höre?«

»Wie schätzt du die Wahrscheinlichkeit ein, dass es dort unten eine versteckte Basis gibt?«

Sein Bruder reagierte zunächst gar nicht, dann meldete er sich erneut zu Wort. »Das würde zumindest einiges erklären. Aber falls sie existiert, dann ist sie nicht stark besetzt. Es gibt nur drei Schiffe im ganzen System.«

Nathaniel nickte. »Würde ich einen Stützpunkt geheim halten wollen, dann würde ich es auch so machen. Zu viele Schiffe und Truppen fallen auf. Ich denke, es handelt sich um eine Geheimdienstbasis der Hinrady. Hier bringen Sie alle Gefangenen von Wert zur Befragung hin.«

»Haben die Flohteppiche überhaupt einen Geheimdienst? Davon habe ich nie gehört.«

»Das ist in der Tat ein erschreckender Gedanke«, gab Nathaniel zurück. »Es würde bedeuten, dass ihr Geheimdienst richtig, richtig gut ist.«

Nathaniel markierte eine Region nördlich ihrer derzeitigen Position und übermittelte die aktualisierte Karte an Raymond. »Den noch ermittelbaren Antriebssignaturen nach sind sie irgendwo in diesem Gebiet mit mindestens einer Fähre gelandet. Dort sollten wir mit der Suche anfangen.«

»Ganz wie du meinst, oh mein glorreicher und erhabener Anführer.«

Nathaniel grinste angesichts der unbekümmerten Tonlage seines Bruders. Bevor er jedoch in ähnlicher Weise auf den spöttischen Kommentar reagieren konnte, klinkte sich eine neue Stimme in den Komkanal jedes Legionärs ein. »Abwurfsequenz eingeleitet!«, informierte der Pilot.

Die Leuchtdiode an der Stirnseite jedes Moduls wechselte von Rot zu Gelb.

»Es geht gleich los«, meinte Ray. »Jetzt ist es ohnehin zu spät, sich über die Hinrady Gedanken zu machen.«

Selbst über die Funkverbindung war das Grinsen aus der Stimme Raymonds herauszuhören. »Die Flohteppiche sollten sich lieber Sorgen um uns machen. Wir sehen uns unten, Bruder.«

Nathaniel kappte die Verbindung. In diesem Moment wechselte die Leuchtdiode von Gelb zu Grün und der Truppentransporter warf die Module eines nach dem anderen ab. Von dem Transporter selbst blieb nur das Gerippe übrig mit dem Cockpit am Bug und dem Antrieb am Heck. Es gewann nach getaner Arbeit umgehend wieder an Höhe und steuerte den Orbit an.

In jedem der abgeworfenen Module befand sich eine volle Zenturie. Die Antriebsaggregate der einzelnen Abwurfmodule erwachten zischend zum Leben und beförderten die Einheiten der 21. Irregulären Legion ihren Einsatzzielen entgegen.

* * *

Commander Ludmilla Szymanskis Kopf zuckte hoch. »Antriebssignaturen geortet. Die drei Jagdkreuzer kommen gerade über den Planetenhorizont herein.«

»Verdammte Hacke!« Menzel fluchte lautstark. »Bringen Sie uns aus dem Orbit! Sofort!«

Der Antrieb der LOTHRINGEN erwachte zum Leben, gefolgt von den Aggregaten der vier Korvetten der Vespasian-Klasse. Die fünf Kriegsschiffe schwenkten aus dem Orbit aus und nahmen Gefechtsformation ein.

Auf seinem taktischen Hologramm beobachtete Menzel besorgt, wie das, was vom Truppentransporter übrig war, aus der Atmosphäre aufstieg. Sein Kopf schwenkte leicht in Richtung der XO. »Teilen Sie dem Transporter mit, er soll sich zurückhalten. Ohne ihn können wir die Legionäre nicht mehr vom Planeten schaffen.«

Die XO gab die Anweisung weiter und nur Sekunden später drehte der Truppentransporter ab. Das verwundbare Schiff ging auf Abstand zur Kampfzone.

Menzel knirschte mit den Zähnen. Die feindlichen Schiffe tanzten förmlich über die oberen Atmosphärenschichten. Sie nutzten den Planeten als Katapult und erreichten damit höhere Geschwindigkeiten, die ihnen unter gewöhnlichen Gefechtsbedingungen nicht möglich gewesen wären. Sie hätten die kleine republikanische Spezialeinheit beinahe überrascht … *beinahe.*

»Nachricht an die Korvetten: Wir gehen auf Abwehrformation. Zunächst leiten wir den frontalen Beschuss ein, anschließend lösen wir die Formation auf und versuchen, den Gegner von der Seite und von oben zu packen.«

Die XO befand sich bereits neben dem Offizier, der an der Komstation seinen Dienst versah. Der Mann gab die Anweisungen weiter und Menzel registrierte befriedigt, wie die vier Korvetten eine Karoformation einnahmen, indem sich jeweils zwei von ihnen auf der Steuerbord- und der Backbordseite postierten. Die Kriegsschiffe wirkten nun aus der Ferne betrachtet wie die Ziffer Fünf auf einem Würfel.

Die republikanischen Einheiten hatten das Manöver kaum abgeschlossen, als der Gegner bereits in Reichweite der eigenen Fernkampfbewaffnung kam.

Menzel sagte nichts, er nickte lediglich in Richtung seiner XO. Diese bestätigte den wortlosen Befehl mit entschlossener Miene.

Die republikanischen Einheiten stießen zeitgleich eine Wolke aus Fernlenkgeschossen aus. Diese näherten sich auf einer elliptischen Bahn der gegnerischen Front. Die Hinradyraumschiffe hatten unterdessen eine klassische Dreiecksformation eingenommen.

Die Hinrady machten ihren ersten Zug mit dem Einsatz der Energiewelle. Diese Waffe war dazu gedacht, einkommende Torpedos zu zerstören, bevor sie den Jagdkreuzern gefährlich werden konnten. Damit hatte Menzel bereits gerechnet. Die republikanischen Kampfschiffe stießen unterdessen weitere Torpedowolken aus. Menzels Einheiten feuerten bereits die fünfte Salve ab, als die feindliche Energiewelle die erste komplett vernichtete. Das war kein großes Ärgernis. Tatsächlich war die Zerstörung der ersten Torpedowelle Teil von Menzels Taktik. Und auch die der zweiten, dritten und vierten.

Explosionen blühten zwischen den beiden Parteien auf, als Torpedo um Torpedo vom Gegner vernichtet wurde. Menzels Kampfschiffe feuerten die siebte Salve ab, ehe der Captain der LOTHRINGEN die nächste Phase des Gefechts einleitete.

»Formation auflösen und Gegner separat angreifen!«, befahl er.

Die Vielzahl an Explosionen blendeten die Sensoren der Hinrady für jeweils wenige Sekunden. Das war nicht viel Zeit, aber nach den Jahren des Krieges waren republikanische Besatzungen äußerst erfahren darin, dies auszunutzen. Hinrady-Jagdkreuzer waren stark, schwer gepanzert und gut bewaffnet. Sie besaßen allerdings eine entscheidende Schwachstelle. Bei den Hinrady handelte es sich um eine aggressive Jägerspezies. Sie stellten sich ihrem Feind frontal und daraus leitete sich auch die Bewaffnung ihrer Schiffe ab – diese wiesen nämlich ausschließlich nach vorn.

Agierten die Hinrady in größeren Verbänden, ließ sich diese Schwachstelle kaum ausnutzen. In einem begrenzten Gefecht mit wenigen Schiffen konnte man die Hinrady indessen ausmanövrieren. Und darauf fußte Menzels Plan.

Die vier Korvetten stoben auf vorher festgelegten Angriffsvektoren auseinander, während die LOTHRINGEN auf ihrem Kurs verblieb und dem Gegner als Köder diente. Sie feuerte ohne Unterlass eine Torpedosalve um die andere. Die Republikaner übersättigten damit die Nahbereichsabwehr der Flohteppiche. Es zeigten sich erste Lücken in deren Abwehr. Explosionen brandeten entlang der Längsachse des Feindschiffs mit der Bezeichnung Gamma auf.

Die vier Korvetten hatten ihr Manöver beinahe abgeschlossen, als der Jagdkreuzer mit der Bezeichnung Beta seinen Kurs leicht änderte. Die sechs leistungsstarken nach vorn zeigenden Energiegeschütze flammten auf. Menzel fluchte. Die Korvette TRS REPULSE erlitt fünf Volltreffer mittschiffs und unter Bug. Eine Explosion flammte auf. Mindestens zwei der Energiestrahlen hatten die Panzerung durchbrochen und eine Menge Schaden angerichtet.

Ölig schwarzer Rauch brach sich ins All Bahn und das Schiff verlor Atmosphäre, Trümmer und auch Besatzungsmitglieder, die brutal ins All gerissen wurden. Der Captain der REPULSE ließ den Kurs ändern und bemühte sich, Schiff und Besatzung aus dem gegnerischen Feuerbereich zu bringen. Allerdings war es dazu längst zu spät. Schwer angeschlagen, humpelte die Korvette davon.

Beta gab sich mit dem angerichteten Schaden nicht zufrieden. Der Jagdkreuzer feuerte eine weitere Breitseite ab. Die Korvette hörte von einer Sekunde zur anderen auf zu existieren. Dort, wo sie eben noch geflogen war, breitete sich eine Trümmerwolke aus und zeugte vom Ende des Schiffes und seiner tapferen Besatzung.

Menzel machte eine verkniffene Miene. Die Republik hatte den ersten Schaden verursacht, die Hinrady aber einen ersten vernichtenden Treffer gelandet. Menzel machte sich keine allzu großen Hoffnungen. Korvetten waren keine Schiffe, mit denen man sich gleich drei Jagdkreuzern stellen und hoffen konnte, diesen Kampf ohne Verluste für sich zu entscheiden.

Die Fernkampfdistanz wurde unterschritten und der Captain der LOTHRINGEN zögerte keine Sekunde. »Alle Frontwaffensysteme Feuer frei!«, ordnete er an. Der Schlachtkreuzer spuckte Lanzen aus purem Licht gegen den Feind und spießte das gegnerische Führungsschiff mit der Bezeichnung Alpha förmlich auf. Für einen Moment verhielt sich der Jagdkreuzer, als wäre er gegen eine Wand gelaufen.

Die drei verbliebenen Korvetten schlossen sich dem Angriff an, ignorierten Beta und Gamma und feuerten alles, was ihnen zur Verfügung stand, in die Flanken von Alpha.

Beta und Gamma schwärmten daraufhin aus, um die Korvetten in die Zielerfassung zu bekommen. Für die Hinrady mochten es lediglich Stechmücken sein, doch auch diese konnten recht lästig werden. Die leicht bewaffneten und geringfügig gepanzerten, aber sehr wendigen kleinen Schiffe wichen dem folgenden Angriff aus. Ihre Besatzungen leisteten Übermenschliches in dem Bemühen, den Flohteppichen kein klares Ziel zu liefern. Währenddessen schlug sich die LOTHRINGEN mit dem feindlichen Führungsschiff herum. Beide Einheiten tauschten mächtige Salven aus.

Die republikanischen Matrosen und Offiziere spielten ein gefährliches Spiel mit dem Gegner. Sie konnten diese Mätzchen nicht ewig durchhalten. Die menschlichen Soldaten wussten es. Die Hinrady wussten es. Menzel wusste es. Aber der Kommandant des Schlachtkreuzers hoffte, sie würden genug Zeit herausschlagen können, um die Geisel, die sich in Händen des Feindes befand, zu befreien.

Falls dem nicht so war, dann würde das militärische Oberkommando der republikanischen Liga nicht nur einen hohen Offizier verlieren, sondern auch fünf Schiffe und eine komplette Legion.

* * *

Die Legionäre der 21. Irregulären Legion teilten sich in Zenturien und Feuertrupps auf und durchkämmten das Zielgebiet. Es gab aber weder Anzeichen von Hinradykampftruppen noch von einer geheimen Basis, und schon gar nicht von der Geisel, der ihre Suche galt.

Die Situation hätte gar nicht frustrierender sein können für Sergeant Major Lester Sullivan. Der Anführer von Feuertrupp *Echo der Verdammnis* gab den vier Truppkameraden in seiner Begleitung mit der freien Hand das Signal weiterzugehen, während seine Rechte das Nadelgewehr gepackt hielt und damit langsam von einer Seite zur anderen schwenkte. Fast wünschte er sich, Hinradykrieger würden aus der kargen Vegetation stürmen und es endlich hinter sich bringen. Alles war besser als dieses Herumgestolpere wie ein Blinder im Minenfeld.

Corporal Dustin Meyers, Lesters Nummer zwei, ließ sich auf ein Knie nieder und überprüfte über eine Karte im HUD seiner Rüstung ihren derzeitigen Standort.

Die Privates Megan Carlyle, Natascha Schneider sowie Toshiro Watanabe schwärmten halbkreisförmig aus und sicherten die Position. Der gesamte Trupp versah seinen Dienst derart effizient, dass Lester nicht viel sagen musste. Die Professionalität seiner Leute erfüllte ihn immer wieder mit Stolz.

Er warf seiner Nummer zwei einen fragenden Blick zu. Die Körpersprache übermittelte sein Anliegen trotz der Rüstung mit dem vollverspiegelten Helmvisier.

Dustin sah auf. »Wir sind am richtigen Ort«, erklärte dieser.

Lester hob den Blick. »Das hatte ich befürchtet.«

»Befürchtet?«, hakte Natascha nach, ohne den Blick auch nur ein einziges Mal von ihrer Umgebung abzuwenden.

Statt Lester war es Dustin, der die Frage beantwortete. »Wenn wir am richtigen Ort sind, und das auch noch pünktlich, dann sind es die anderen nicht.«

Natascha nickte angestrengt. Feuertrupp *Echo der Verdammnis* hatte den Auftrag, sich mit fünf weiteren Feuertrupps der Kohorte Puma an diesem Punkt zu treffen. Dass die anderen Legionäre nicht erschienen waren, ließ Böses erahnen.

Dustin warf seinem Truppführer einen fragenden Blick zu. »Sollen wir die Funkstille brechen?«

Lester seufzte. »Lieber wäre mir, dass das nicht nötig wäre.« Er überlegte kurz und seufzte abermals. »Na also schön. Das geht auf meine Kappe.« Mit einem Blick und einem Zwinkern auf das entsprechende Symbol des HUDs aktivierte der Sergeant das Komgerät der Rüstung.

Nahezu ohne merkliche Verzögerung wurde die Stille seines Helms mit einer Flut von Kampfgesprächen und Statusmeldungen überflutet.

»Wow!« Lester drosselte die Lautstärke, da er befürchtete, sein Kopf würde sonst in tausend Splitter zerspringen.

Dustin wandte sich ihm zu. »Was ist?«, wollte er besorgt wissen.

»Ich bin nicht der Erste, der auf die Idee kam, die Funkstille zu brechen.« Der Anführer von Feuertrupp *Echo der Verdammnis* runzelte die Stirn. »Warte einen Augenblick«, bat er seine Nummer zwei, während der Sergeant Major versuchte, sich einen halbwegs gesicherten Überblick über das Geschehen zu verschaffen.

Als er überzeugt war, keine Informationen mehr aus dem Wirrwarr verschiedenster Stimmen gewinnen zu können, schaltete er das Komgerät wieder ab. Im gleichen Moment setzte er sich in Bewegung.

»Hoch mit euch!«, schrie er seine Leute an, während er zu einem halsbrecherischen Sprint ansetzte. »Es gibt Arbeit.«

Die Soldaten seines Trupps hatten in vielen Jahren des Dienstes gelernt, ihrem Anführer zu vertrauen. Daher zögerten sie keine Sekunde. Lester hetzte über das unwegsame Gelände, seine vier Kameraden im Schlepptau.

Dustin setzte sich mit ihm in Verbindung und bezog auch die drei anderen in einer Konferenzschaltung mit ein. Seine Stimme klang dumpf und er atmete schwer vor Anstrengung. »Weist du uns auch ein oder müssen wir dumm sterben?«

Lester erkannte die tiefe Besorgnis hinter der flapsig gemeinten Bemerkung. »Die anderen Trupps kommen nicht zum Rendezvous. Wir haben mitten in ein Wespennest gestochen.«

Das war alles an Information, was die Legionäre benötigten. Sie bewegten sich fast im Gleichschritt über die unwegsame Einöde von Odin VI. Aufgrund der mechanischen Muskelverstärkung ihrer Rüstungen erreichten sie höhere Geschwindigkeit, als es selbst dem trainiertesten Menschen ohne mechanische Hilfsmittel möglich gewesen wäre. Dennoch benötigten sie fast eine Stunde, um den Schauplatz des Geschehens zu erreichen.

Das Erste, was die Außenakustik ihrer Rüstungen auffing, war der Lärm einer heftigen Schlacht. Trommelfeuer von Artillerie mischte sich mit dem Fauchen von Nadelgewehren und dem Zischen von Hinradyenergiegewehren.

Lester und seine Leute blieben vor einem steilen Abhang stehen. Unter ihnen erstreckte sich ein weites Tal, das aussah, als wäre es vor Tausenden von Jahren von einem Meteoriten geschlagen worden. Und inmitten dieser Talsohle stemmte sich die 21. Irreguläre Legion mit aller Kraft gegen eine große Anzahl Hinradykrieger. Diese primatenähnlichen Wesen strömten in schier unermesslicher Zahl aus Dutzenden Löchern im Boden.

Lester ließ sich auf ein Knie nieder und bedeutete seinen Leuten, es ihm gleichzutun. Während diese die Umgebung sicherten, kontaktierte der Sergeant den Kohortenkommandanten der Sturmkohorte Puma der Einundzwanzigsten.

»Adlerklaue 3-3 an Harpyie 3-6. Adlerklaue 3-3 an Harpyie 3-6, bitte kommen.«

Fast erwartete Lester, niemand würde antworten. Umso erleichterter war er, als sich die Stimme Major Raymond Rogers' aus dem Äther schälte. Erschöpft und hektisch zwar, aber unzweifelhaft am Leben.

»Sullivan? Sind das Sie? Wo zum Teufel haben Sie gesteckt?«

Der Vorwurf traf Lester unvorbereitet. Immerhin hatte er sich genau an den Plan gehalten und auch die Einhaltung der Funkstille entsprach den Einsatzrichtlinien. Noch ehe er antworten konnte, sprach der Major weiter.

»Ist ja auch egal. Hauptsache, Sie sind jetzt da. Wie lautet Ihr Standort?«

Anstatt die Koordinaten seines Trupps verbal durchzugeben, markierte er diesen auf einer Karte des HUDs und übermittelte die aktualisierte Version an seinen Befehlshaber. Der Major brauchte nicht lange, um die veränderte Lage zu sichten.

»Ausgezeichnet. Da oben sind Sie mir am nützlichsten. Die Flohteppiche unterhalten eine Basis direkt unter unseren Füßen. Colonel Rogers ist mit einigen Trupps rein, um nach dem General zu suchen. Unweit der Anhöhe, auf der Sie sich befinden, stehen drei Zenturien. Ich will, dass Sie sich Ihnen anschließen und weitere Befehle abwarten. Sobald der Colonel wieder rauskommt, müssen wir hier ganz schnell verschwinden.«

»Verstanden«, gab Lester gepresst zurück. »Adlerklaue 3-3 Ende.« Er schaltete das Komgerät ab und bedeutete seinen Legionären wortlos, ihm zu folgen.

Sie benötigten nicht lange, um die drei Zenturien zu finden. Zu seiner Überraschung handelte es sich in der Mehrzahl um Aufklärungslegionäre. Sie waren dank ihrer leichten, flexiblen Rüstungen prädestiniert für Tarnung und Täuschung, dennoch hätte sich Lester gewünscht, mehr Kampf- oder Sturmlegionäre vorzufinden. Wenn der Tanz erst mal richtig losging, würden sie so viel Feuerkraft benötigen, wie sie nur aufbringen konnten.

Sobald sie sich denen im Hinterhalt lauernden Legionären näherten, wandte sich einer der Aufklärer zu ihnen um und gebot ihnen mit flacher Hand, sich hinzukauern.

Die Legionäre von Feuertrupp *Echo der Verdammnis* folgten murrend der Aufforderung. Es entsprach nicht dem Naturell von Sturmlegionären zu warten, bis der Feind sein hässliches Haupt erhob. Nichtsdestoweniger schien das im Moment ihre Aufgabe zu sein: zu sitzen, zu warten und ihren Kameraden unten im Tal beim Sterben zuzusehen.

* * *

Die Korvette SALVATION zerbarst nach dem Einschlag mehrerer Energiespitzen aus dem mit Beta gekennzeichneten Jagdkreuzer.

Captain Georg Menzel machte eine verkniffene Miene. Ihm war klar, dass seiner kleinen Einsatzgruppe mit rapider Geschwindigkeit die Zeit davonlief.

Bisher hatte er die Hauptbewaffnung seines Schlachtkreuzers noch als Trumpf in der Hinterhand behalten. Nun musste er diesen früher als beabsichtigt ausspielen. Die Umstände zwangen ihn dazu.

»Ludmilla, den Sturmlaser aufladen.«

Seine XO warf ihm zunächst einen verkniffenen Blick zu, nickte dann aber. Der taktische Offizier der LOTHRINGEN hackte mehrere Befehle in seine Konsole ein, gleichzeitig ging ein Statusfenster auf Menzels taktischem Hologramm auf.

Die Sturmlaser der A-Klasse basierten auf Nefraltiritechnologie und waren von deren Schiffskillerlasern abgeleitet. Schlachtkreuzer besaßen eine dieser zerstörerischen Waffen, Dreadnoughts – die republikanischen Flaggschiffe – zwei. Menzel hätte jetzt zu gern einen Dreadnought an seiner Seite gehabt.

Die zwei Korvetten CASSANDRA und GALLIPOLI beharkten Jagdkreuzer Gamma, während sich Alpha und die LOTHRINGEN im Patt gegenüberstanden. Jagdkreuzer Beta wendete in diesem Augenblick, um sich dem Kampf gegen die beiden republikanischen Korvetten anzuschließen. Sobald diese erledigt waren, würden sich alle drei Feindschiffe der LOTHRINGEN widmen und diese kurzerhand erledigen. Menzel hatte nicht vor, es so weit kommen zu lassen.

Der Balken der Statusanzeige auf seinem Hologramm füllte sich nach Menzels Dafürhalten viel zu langsam mit verheißungsvollem Grün. Als der Status des Sturmlasers endlich hundert Prozent anzeigte, bellte er entschlossen: »Feuer!«

Das unter dem Bug montierte Geschütz stieß einen einzelnen kohärenten roten Energiestrahl aus. Dieser überbrückte die Entfernung zu Alpha in lediglich einem Sekundenbruchteil. Der Strahl durchschlug die Bugpanzerung, als wäre sie aus Papier, pflügte auf ganzer Länge durch das Feindschiff und brach in einer spektakulären Explosion aus der Achtersektion wieder ins Freie.

Für einen Moment bildete sich Menzel ein, er könne durch das entstandene Loch quer durch das komplette feindliche Schiff sehen – dann explodierte es mit unfassbarer Gewalt.

Das Brückenfenster verdunkelte sich selbstständig, um die Brückencrew vor den Auswirkungen der Detonation zu schützen. Der Kampf flaute für wenige Sekunden ab. Die Hinrady schienen besorgt zu sein und beratschlagten, wie sie weiter vorgehen sollten.

Menzel hoffte inständig, sie würden sich zurückziehen. Aber um das wirklich zu glauben, kannte er seinen Gegner zu gut. Kapitulation oder Rückzug lag nicht in deren Charakter.

Gamma wendete abermals und beharkte die Lothringen mit einer vollen Breitseite aus den Hauptgeschützen. Wieder einmal erwiesen sich die Hinrady als Meister ihres Fachs. Sie erzielten zwei Voll- und vier sekundäre Treffer.

Rote Warnungen prasselten auf Menzel über sein Hologramm ein. Seine XO wankte über das Deck, als sich die Lothringen unter dem Beschuss des Gegners aufbäumte. Gleichzeitig begann der Sturmlaser mit einem neuen Ladezyklus.

Das Symbol, das die Gallipoli symbolisierte, verschwand mit schockierender Plötzlichkeit vom Plot. Menzel fluchte lautstark. Die Hinrady setzten zu ihrer letzten Attacke an und der Captain der Lothringen wusste nicht, ob sie diesen würden überleben können.

* * *

Der Ruf, in die Schlacht einzugreifen, erreichte die im Hinterhalt liegenden Zenturien und das kollektive erleichterte Aufatmen war fast körperlich spürbar. Lieutenant Colonel Nathaniel Rogers befand sich wieder an der Oberfläche. Und er hatte Major General Lyonel Marsden bei sich.

Mehr als sechshundert Soldaten erhoben sich praktisch wie ein Mann. Tief unter ihnen kämpfte sich eine kleine Anzahl Legionäre aus den Tunneln des Gegners wieder an die Oberfläche. Die Hinrady befanden sich dicht hinter ihnen.

Die Legionäre formierten sich zu mehreren Kampfreihen und marschierten die Anhöhe hinab. Ihre Nadelgewehre spien pausenlos Tod und Zerstörung unter die Reihen des Gegners. Denen ging erst jetzt ein Licht auf, dass sie im Kreuzfeuer zweier Streitmächte festsaßen.

Anstatt sich zurückzuziehen, um sich neu zu formieren, wie es vielleicht Drizil oder Menschen getan hätten, brüllte der Alpha des hiesigen Hinradyclans seine Herausforderung in der gutturalen, hart klingenden Sprache der Flohteppiche hinaus und die ihm folgenden Krieger gingen todesmutig zum Angriff über. Die eine Hälfte verfolgte weiterhin den Colonel, der mit seiner Beute zu entkommen versuchte, die andere griff die Zenturien an, die dabei waren, sie in die Zange zu nehmen.

Die Sturmlegionäre eröffneten zuerst das Feuer aus ihren schweren Nadelwerfern. Die scharfkantigen Projektile fegten durch die Linien des Gegners und durchbrachen bereits mit wenigen Salven deren Panzerung. Hunderte von Kriegern gingen zu Boden.

Die Hinrady senkten den Kopf und feuerten die kleinkalibrigen Artilleriegeschosse ab, die sie auf dem Rücken trugen. Lester duckte sich instinktiv, als die Granaten über seinen Trupp hinwegfauchten.

Hinter ihm ertönten die ersten Explosionen. Männer und Frauen schrien auf, ihre Symbole verschwanden vom HUD und machten Betroffenheit und Trauer Platz. Die Hinrady waren furchterregende Gegner. Man musste ihnen mit Vorsicht begegnen, ansonsten brachten sie einen ins Grab.

Die vordere Reihe der Flohteppiche ließ sich auf alle viere nieder und setzte zu einem mörderischen Galopp an. Lester senkte den Blick. Kiesel und kleine Felsbrocken hüpften aufgeregt auf und ab, als der Gegner einen seiner gefürchteten Kavallerieangriffe durchführte. Der Boden erbebte unter dem Gewicht Hunderter Primatenkrieger, die in halsbrecherischem Tempo auf die republikanischen Legionäre zuhielten.

Diese nahmen Feuerstellung ein, um der Flut angreifender Feinde zu begegnen. Die erste Reihe der Hinrady ging unter dem Beschuss der Legionäre zu Boden. Die zweite folgte dem Beispiel der ersten. Die dritte jedoch sprang über die zuvor Gefallenen hinweg und brach in die Linien der 21. Legion ein.

Lester ließ seine Waffe fallen und die zwei Armklingen fuhren zischend aus. Der Sergeant stach einen Angreifer nieder und wischte einem anderen den Helm vom Kopf. Ein anstürmender Krieger riss Dustin Meyers glatt von den Beinen. Der Corporal wäre mit Bestimmtheit zermalmt worden, hätten Toshiro und Megan den Angreifer nicht in die Zange genommen. Megan stieß ihre rechte Armklinge in eine dünne Verbindungsstelle der Panzerung an der Hüfte, Toshiro trieb seine Klinge unter dem Kinn des Kriegers in dessen Fleisch. Der Gegner fiel, während er gurgelnd Blut spuckte.

Lester half Dustin auf. Währenddessen wurde Natascha zu Boden gerissen. Einer der Hinrady trommelte nach Art eines Gorillas mit beiden Fäusten auf die Rüstung der Legionärin ein. Der Stahl verbog sich besorgniserregend unter der Beanspruchung.

Lester schlug dem Krieger den Ellbogen brutal ins Gesicht, wodurch dieser ins Wanken geriet. Natascha sprang auf und schnitt ihrem Gegner in einer Kreuzbewegung ihrer beiden Armklingen die Kehle durch.

Wo die Sturmlegionäre auf Brutalität und schiere Kraft setzten, da bewiesen die Aufklärer, dass man sie nicht umsonst als fleischgewordene Eleganz bezeichnete. Die Aufklärungslegionäre bewegten sich grazil wie Tänzer unter den Feinden der Republik. Sie wichen gegnerischen Angriffen aus und schlugen im Gegenzug dann dort zu, wo der Gegner schwach oder unaufmerksam war. Sie erledigen eine beeindruckende Anzahl feindlicher Krieger. Deren leblose Körper bedeckten schon bald das Schlachtfeld.

Die Legionäre verteidigten die Anhöhe tapfer. Dennoch zwangen die Hinrady sie langsam zum Rückzug. Schritt für Schritt wichen die menschlichen Soldaten vor ihren verhassten Widersachern zurück.

Auf seinem HUD gingen in immer schnellerer Folge Verlustmeldungen ein. Sie würden ihre Stellung nicht mehr lange halten können.

Gefechtstaxis brausten heran. Die Bordschützen nahmen die Horden feindlicher Krieger unter Dauerfeuer und der Beschuss schlug blutige Schneisen in deren Reihen. Erleichtert registrierte Lester, wie Lieutenant Colonel Rogers und der befreite General eines der Vehikel bestiegen, die sie anschließend zurück zu ihrem Modul brachten.

Das Missionsziel war erreicht. Jetzt mussten sie sich nur noch absetzen – falls die Hinrady ihnen überhaupt erlaubten, sich abzusetzen. Lester erledigte einen weiteren Gegner, der sofort von einem seiner Kameraden ersetzt wurde. Der Sergeant keuchte mittlerweile schwer.

Weitere Gefechtstaxis kamen tief über dem Schlachtfeld herein, gingen wenige Meter über Bodenniveau in Schwebemodus über und flogen nach und nach die einzelnen Trupps, Zenturien und schließlich Kohorten aus. Zweimal bekam Lester mit, wie Gefechtstaxis abgeschossen wurden und sich mitsamt ihrer menschlichen Fracht explodierend in den Boden rammten. Er betete inständig, dass ihnen dieses Schicksal erspart würde.

Nach einer gefühlten Ewigkeit waren endlich die Soldaten an der Reihe, die immer noch verzweifelt die Anhöhe hielten. Der Sergeant Major spürte eher, als dass er es bewusst wahrnahm, wie über ihm ein Gefechtstaxi zum Halten kam. Der Bordschütze eröffnete röhrend das Feuer und die Geschosse pflügten durch die Reihen der Hinrady.

»Jetzt oder nie!«, schrie Dustin. Seine Nummer zwei deutete auf das Vehikel über ihnen. Lester nickte atemlos.

Nacheinander nahmen die Soldaten Anlauf und überwanden die Distanz zu dem Gefährt mit einem beherzten Sprung. Einer der Hinrady schien sich aber mit der Flucht der sicher geglaubten Beute nicht abgeben zu wollen.

Als Natascha als Letzte des Trupps sprang, hetzte der Krieger hinterher und packte sie am Bein. Lester stürzte vor und bekam Nataschas Hand gerade noch zu fassen. Beinahe wäre er über den Rand der Luke gerutscht, aber Dustin griff nach seinen Beinen und Toshiro seinerseits nach Dustin. Sie verhinderten gerade so, dass keiner von ihnen in den Abgrund stürzte.

Das Gefechtstaxi gewann an Höhe. Das Schlachtfeld wurde unter ihnen zunehmend kleiner und noch immer hing der Hinrady an Nataschas Bein. Ihre Rüstung musste ein beträchtliches Gewicht aushalten. Auf Lesters HUD ging die Schadensmeldung seiner Kameradin ein. Ihr Bein war soeben gebrochen worden. Über Funk hörte er ihr schmerzerfülltes Ächzen. Sie musste unabsichtlich das Komgerät aktiviert haben. Lester spürte, wie Nataschas Hand langsam seinem Griff entglitt. Lange konnte er sie nicht mehr festhalten.

Sie befanden sich inzwischen gut dreihundert Meter über Bodenniveau. Die Rüstung eines Legionärs vermochte einiges an Schaden zu absorbieren, doch ein Sturz aus dieser Höhe war auch für derart ausgerüstete Soldaten tödlich.

Megan spähte aus der geöffneten Luke. Sie schob sich leicht an den in einer Kette verknoteten Soldaten vorbei. Die Legionärin zielte mit ihrem Nadelgewehr und schoss ein einzelnes Projektil ab. Das Geschoss drang dem Hinradykrieger in die Stirn. Ein leerer Ausdruck trat in dessen Augen, aber selbst im Todeskampf wollte dieser nicht loslassen. Natascha nahm alle noch vorhandene Kraft zusammen, trat einmal zu und schrie ihres gebrochenen Beins wegen laut auf. Der Griff des Hinrady löste sich jedoch und der Krieger fiel in die Tiefe.

Lester zog seine Kameradin mit Dustins und Toshiros Hilfe an Bord des Gefechtstaxis. Sie blieben einen Augenblick einfach nur schwer atmend auf dem Deck liegen. In der Ferne kamen bereits die Module in Sicht, die nur darauf warteten, sie in Empfang zu nehmen. Auch der Truppentransporter befand sich schon im Anflug, um die Module wieder aufzunehmen. Sie hatten es beinahe geschafft.

* * *

»Wiederaufnahme der Module abgeschlossen«, meldete die XO der LOTHRINGEN. »Der Truppentransporter verlässt soeben die Atmosphäre.«

Captain Georg Menzel nickte zufrieden. Sie hatten einen hohen Preis für die Befreiung dieser einen Geisel bezahlt. Er hoffte, der General war es wert.

Die Jagdkreuzer Beta und Gamma lieferten sich immer noch ein hitziges Gefecht mit der CASSANDRA und dem Schlachtkreuzer LOTHRINGEN.

Die Ladeanzeige des Sturmlasers zeigte knapp über siebzig Prozent an. Ein Treffer hatte die Ladespule beschädigt. Das Hauptgeschütz wurde frustrierend langsam wieder aufgeladen.

Wenn sie dem Gegner nicht noch eine blutige Nase verpassten, dann würde er sie verfolgen, bis sie auf Sprunggeschwindigkeit beschleunigten. Das würde noch weitere Opfer fordern und Menzel hegte nicht die geringste Absicht, sich von den Feindkreuzern die ganze Zeit über jagen zu lassen.

»Ludmilla? Gehen Sie auf Frontalkurs zu Beta. Wir setzen der Sache jetzt ein Endc.«

Die XO nickte und der Navigator ermittelte den Kurs, der für die meisten Schiffe das sichere Ende bedeutet hätte. Der Jagdkreuzer und die LOTHRINGEN tauschten mehrere Salven aus. Beide Kampfraumer nahmen erheblichen Schaden. Zwei Decks der LOTHRINGEN erlitten Brüche in der Außenhülle. Die Schadenskontrolle reagierte – für viele Besatzungsmitglieder kam die Hilfe zu spät. Wer sich nicht in einen ausgewiesenen Schutzbereich retten oder eine Notausrüstung erreichen konnte, dem war der Tod in der Kälte des Alls sicher.

Menzel zwang sich, die Opfer unter seinen Leuten zu ignorieren. Der Flottenoffizier war stattdessen ganz und gar auf den Gegner voraus konzentriert.

Der Hinradykommandant wich seinem Kontrahenten nicht aus. Beide Schiffe hielten unbeirrt aufeinander zu. Darauf hatte Menzel all seine Hoffnungen gesetzt.

»Volle Hundertachtzig-Grad-Drehung um die Längsachse und zwanzig Grad nach oben abdrehen.«

Die LOTHRINGEN reagierte für ein Schiff ihrer Größe und Masse leicht und wendig. Immer noch aus allen Geschützen feuernd, zog der mächtige Kriegsraumer über den Jagdkreuzer hinweg, sich um die eigene Achse drehend. Dieses Manöver bot den Vorteil, dass das Hinradyschiff zunächst mit den Waffen der Unterseite und anschließend mit den oberen Deckgeschützen beschossen werden konnte. Es war nicht nötig zu warten, bis die einzelnen Waffen wieder aufgeladen waren. Beta wurde mit einem Sturm an purer Energie eingedeckt. Die Panzerung wurde Schicht für Schicht abgetragen, bis die Waffen des republikanischen Schlachtkreuzers das Innenleben Betas verdampften. Als die LOTHRINGEN ihren Angriffsflug beendete, blieb der Feindkreuzer als zerschlagenes, lebloses Wrack zurück, das tot im All trieb.

Aber Menzel hatte noch nicht genug. Die Ladeanzeige des Sturmlasers glitt über die Neunzig-Prozent-Marke. Das musste genügen. Der Kommandant hatte Blut geleckt. »Um fünfundsiebzig Grad nach backbord schwenken. Den Sturmlaser vorbereiten.«

Der Schlachtkreuzer schwenkte gehorsam in die angegebene Richtung. Die Besatzung von Gamma wusste, was ihr blühte. Die Korvette CASSANDRA ging auf Abstand, um nicht versehentlich getroffen zu werden. Der Sturmlaser der LOTHRINGEN flammte auf – wunderschön und zerstörerisch zugleich. In diesem Augenblick brach Gamma nach unten weg und der Energiestrahl streifte lediglich die Antriebssektion.

Gamma entging der Zerstörung nur knapp, doch achtern erlitt der Jagdkreuzer dermaßen hohen Schaden, dass er davonhumpeln musste.

Menzel dachte darüber nach, den Gegner endgültig zu jagen und zur Strecke zu bringen, entschied sich letztendlich aber dagegen. Er war für den Schutz eines Truppentransporters mit einer vollen Legion und einem VIP an Bord verantwortlich. Und niemand konnte sagen, ob tiefer im System nicht noch weitere Überraschungen auf sie lauerten. Daher entschloss er sich schweren Herzens, den Gegner ziehen zu lassen. Hier und heute war genug Blut geflossen. Es musste auch mal ein Ende geben.

»XO?«, wandte er sich förmlich an seine Erste Offizierin. »Kurs setzen auf die Systemgrenze. Wir führen den Sprung aus, sobald wir genügend Geschwindigkeit aufgebaut haben.« Der Captain der LOTHRINGEN lehnte sich in seinem Sessel zurück. »Lassen Sie uns von hier verschwinden.«

1

3. September 2907

(sieben Jahre nach Ende des Nefraltiri-Krieges)

»Vorwärts!«, hallte der Ruf von Lieutenant Colonel Nathaniel Rogers durch den Helm eines jeden Legionärs der 21. Irregulären Legion.

Kampfreihe um Kampfreihe setzte sich die Formation der Einheit in Bewegung. Zu ihrer Rechten marschierte die 214. Legion und zu ihrer Linken die Hundertzwölfte. Auf der anderen Seite der Hinradysiedlung standen die Legionen neun-fünf und drei-eins-eins und vervollständigten das aus fünf Einheiten bestehende Sondereinsatzkommando, das auf dem Planeten Basar eine illegale Hinradysiedlung attackierte. Die zwei nördlichen Legionen dienten als Amboss, während die Einundzwanzigste und die sie flankierenden Einheiten den Hammer darstellten.

Der Krieg gegen die Nefraltiri war seit sieben Jahren vorbei, doch ihre Hinterlassenschaften bereiteten den Menschen und ihren Drizilverbündeten noch immer größte Probleme. Als die Nefraltiri geschlagen und der Riss zu ihrem Universum versiegelt wurde, waren eine Menge feindlicher Krieger auf dieser Seite gestrandet. Seither betätigten sich die Hinrady als Piraten. Sie überfielen immer wieder republikanische Handelsrouten oder abgelegene Drizilwelten. Der Verlust an Leben und Aktiva war enorm. Daher waren die republikanischen Streitkräfte angehalten, jede Hinradysiedlung zu zerstören, die man aufspüren konnte.

Das Problem war, dass die Nefraltiri in der Hochphase des Krieges viele Welten entvölkert hatten. Dadurch ergab sich eine Vielzahl möglicher Verstecke für die Flohteppiche. Die sprichwörtliche Suche nach der Nadel im Heuhaufen war nichts dagegen. Basar war eine der wenigen Welten, auf der man endlich fündig geworden war.

Die drei im Verbund operierenden Legionen setzten sich in einer beeindruckenden Zurschaustellung von Disziplin in Bewegung. Sie kreisten das Dorf von Süden und Osten her ein und zogen die Schlinge beständig enger, um den Gegner in die wartenden Arme der beiden verbliebenen Legionen im Norden und Westen zu treiben in einem klassischen taktischen Manöver.

Lieutenant Colonel Nathaniel Rogers führte seine Legion aus der vordersten Reihe aus an. Sein Bruder Raymond wich keine Sekunde lang von seiner Seite. Die beiden waren unzertrennlich, schon seit ihren Tagen an der Militärakademie und später im Rahmen ihres Dienstes. Sie hatten die 21. Irreguläre Legion als Teil der republikanischen Streitkräfte gemeinsam aufgebaut und sie auch während des Nefraltiri-Krieges unzählige Male in den Kampf geführt. Beide hatten gehofft, mit der Zerstörung der Nefraltiri und der Verschließung des Risses wäre der Kampf endlich beendet und die Menschheit würde etwas Frieden finden. Dem war leider nicht so.

Die fünfzehntausend Mann der drei Elitelegionen marschierten in perfekter Formation auf die feindliche Siedlung zu. Noch war nichts von irgendeiner Gegenreaktion zu spüren. Sie waren noch knapp drei Klicks von der Ortsgrenze der Hinradysiedlung entfernt, als es endlich losging.

Artilleriegeschosse gingen vor, hinter und zwischen den Kampfreihen der angreifenden Legionäre nieder. Explosionen türmten sich auf, Rauchwolken bildeten sich und die Symbole eigener Soldaten verschwanden schlagartig vom HUD.

Nathaniel schaltete seine Optik von normal auf Infrarot. Dadurch war er trotz des sich entwickelnden dichten Rauchvorhangs in der Lage, Freund und Feind zu unterscheiden.

Hinradykrieger stürmten aus versteckten Stellungen und griffen die republikanischen Truppen auf breiter Front an. Es waren Hunderte. Trotz des erbitterten gegnerischen Vorstoßes erkannte Nathaniel auf Anhieb, dass es sich lediglich um ein Ablenkungsmanöver handelte. Die Hinrady versuchten, die Angreifer aufzuhalten, um der Bevölkerung der Siedlung Zeit zur Flucht zu verschaffen. Tatsächlich hoben in der Ferne bereits erste Transporter ab.

Nathaniel öffnete einen Komkanal zu den Kriegsschiffen, die sich in diesem Moment dem Planeten näherten. »Hier Einhorn 6-6 an Kommando 1-6, bitte kommen.«

Er brauchte nicht lange zu warten. Captain Georg Menzel vom Schlachtkreuzer Lothringen, der den Angriff der Raumstreitkräfte kommandierte, meldete sich mit seiner ruhigen, professionellen Stimme. »Ich höre, Einhorn«, erwiderte er Flottenoffizier knapp. »Berichten Sie!«

»Feindliche Einheiten versuchen, sich über den Luftweg abzusetzen.« Nathaniel zog leicht die Mundwinkel nach oben. »Wie erwartet.«

»Verstanden. Bomben sind unterwegs.«

Der Captain kappte die Verbindung. Das war Nathaniel ganz recht. Es war alles gesagt. Die Legionäre rückten weiter gegen den Feind vor. Nadelgewehre fauchten in einem fort und mähten eine große Anzahl gegnerischer Krieger nieder. Der Gegenangriff der Hinrady kam ins Stocken. Bei den Flohteppichen handelte es sich um furchterregende Krieger, doch dieses Mal war die Republik zahlenmäßig deutlich im Vorteil. Die Hinrady hatten keine Chance – und sie wussten es. Dennoch kämpften sie unerschrocken weiter.

Jagdbomber vom Typ Mammoth II fauchten über das Schlachtfeld hinweg. Sie zogen ihre Formation auseinander und gewannen an Höhe. Sie fingen die feindlichen Transportschiffe ab, bevor diese es in den Orbit schafften.

Nathaniel hob den Kopf. Energieblitze und Explosionen brandeten im All auf. Derart hell, dass sie sogar vom Boden aus noch zu sehen waren. Menzels Schiffe griffen die Jagdkreuzer des ortsansässigen Hinradyclans an. Gleichzeitig begannen die Jagdbomber, die flüchtenden Transporter zu torpedieren.

Die Piloten achteten darauf, ihr anfängliches Feuer auf Antrieb und Lebenserhaltung zu konzentrieren. An Bord dieser Schiffe befanden sich in der Mehrzahl Zivilisten. Man wollte Opfer unter ihnen, so gut es ging, vermeiden. Ziel der Jagdbomber war es, die Transporter wieder zur Landung zu zwingen.

Dennoch wurden zwei der Frachter noch in der Luft zerstört und ein weiterer stürzte mit zertrümmerter Antriebssektion ab. Nathaniel zuckte die Schultern. Opfer ließen sich nun mal nicht gänzlich vermeiden. Und solange die Hinrady sich weigerten, Frieden zu halten, würden ihm tote Flohteppiche keine schlaflosen Nächte bereiten.

Es entbrannte ein heftiges Feuergefecht zwischen den Mammoth II und den Transportschiffen, in dessen Verlauf die Republik fünf Jagdbomber einbüßte. Die restlichen Transporter kehrten anschließend wieder zur Oberfläche zurück. Angeschlagen zwar, aber noch in der Lage, halbwegs anständig zu landen.

Nathaniel rümpfte die Nase. Es wurde Zeit, den Sack zuzumachen. Er hob den rechten Arm in die Höhe. Sein Bruder folgte dem Beispiel. Die Geste wurde zunächst von den Kohorten-, dann von den Zenturienkommandanten aufgenommen. Die Legion ging in leichten Trab über, dann in Sprint. Unablässig feuernd, stürmten sie auf den Feind los.

Für einen Moment schien es, als würden die Hinrady dem Ansturm standhalten, plötzlich fing deren Linie an zu wanken und schließlich zu brechen. Die Hinrady zogen sich in Richtung ihrer Siedlung zurück.

Ein heftiger Knall erschütterte die Atmosphäre. Über ihnen zog ein brennender Jagdkreuzer seine Bahn, der unkontrolliert Richtung Westen abdrehte. Republikanische Bomber und Jäger bedrängten ihn fortwährend feuernd. Das Schiff geriet hinter einem Gebirgszug außer Sicht. Nur Sekunden später ließ sein Aufschlag den Boden unter Nathaniels Füßen erzittern und eine Explosionswolke türmte sich über den Bergen auf.

Währenddessen trieben die Legionäre den Feind zurück in seine Siedlung. Die terranischen Soldaten folgten ihm, nicht bereit, auch nur einen Fußbreit eroberten Bodens wieder preiszugeben.

Der Kampf über ihnen verlagerte sich in die Atmosphäre. Mehrere Jagdkreuzer bezogen über der belagerten Siedlung Position. Anstatt auf die Bodentruppen zu feuern, bemühten sie sich, ihre Geschütze auf die angreifenden Kriegsschiffe oberhalb ihrer Stellung auszurichten. Zwei der Jagdkreuzer wurden schwer getroffen. Drizil-Jäger tauchten aus der dicken Wolkendecke auf und umschwärmten die Kriegsschiffe wie hungrige Piranhas. Es kamen mehrere Zerstörer der Drizil in Sicht. Ihre Bewaffnung machte den Jagdkreuzern schwer zu schaffen. Die Kriegsschiffe der verfeindeten Parteien hämmerten mit brachialer Gewalt aufeinander ein. Die Drizil verloren zwei Zerstörer, die Hinrady zwei Jagdkreuzer. Ein dritter wurde kampfunfähig geschossen und nur wenige Minuten später von den fledermausähnlichen Verbündeten der Republik geentert.

Nate grinste. Wer auch immer die Entscheidung getroffen hatte, die Drizil an dieser Operation zu beteiligen, war ein Genie. Die Fledermausköpfe waren die geborenen Soldaten. Ohne sie wären die Verluste auf republikanischer Seite deutlich höher gewesen.

Der Gegner leistete am Boden immer noch Widerstand. Dieser war aber weit davon entfernt, als organisiert durchzugehen. Nathaniel ging wieder in leichten Trab über und blieb dann stehen. Seine Soldaten drängten den Gegner weiter zurück, während der Colonel sich in der soeben eroberten Ortschaft umsah. Eine Menge toter Hinradykrieger bedeckte den Boden. Hin und wieder sah man dazwischen gefallene Legionäre. Sanitäter schwärmten bereits aus, um eigene Tote zu bergen und sich um Verwundete zu kümmern.

Nathaniel hingegen nickte zufrieden. Die Mission war so gut wie abgeschlossen. Er schätzte, dass dieses Gebiet bis zum Einbruch der Nacht befriedet sein würde.

* * *

Nathaniel saß auf einer kleinen Mauer und hob die Nase in eine frische Brise, die von Süden her in die eingenommene Siedlung wehte. Seine Einschätzung hatte sich nicht bestätigt. Der Widerstand war sogar mehrere Stunden früher als prognostiziert niedergekämpft worden.

Der Colonel musterte die ordentlich aufgereihten Leichensäcke. Ihm lagen noch keine endgültigen Zahlen vor, doch jedes Opfer schmerzte ihn auf einer persönlichen Ebene, als hätte er ein geliebtes Familienmitglied verloren.

Sein Bruder Raymond gesellte sich zu ihm. Der Major nahm den Helm vom Kopf und atmete tief durch. Die Mauer, auf der sie saßen, war alles, was von dem entsprechenden Gebäude noch übrig war. Der Rest der Ortschaft sah kaum besser aus. Um dieses Städtchen zu erobern, hatten sie es zerstören müssen. Nathaniel war nicht davon überzeugt, dass ihm das gefiel.

Sein Bruder hatte die Augen geschlossen. Sein Atem ging langsam und gleichmäßig. Fast überkam ihn ein schlechtes Gewissen, den Mann aus seinem dösenden Zustand reißen zu müssen.

»Wie viel?«, war alles, was Nathaniel fragte.

Raymond öffnete die Augen und wandte sich ihm zu. »Vierundsiebzig Tote und ungefähr das Dreifache an Verwundeten. Die anderen Legionen hatten ähnlich hohe Ausfälle.«

»Vierundsiebzig.« Nathaniel ließ sich das Wort auf der Zunge zergehen, als müsse er erst dessen Geschmack prüfen. »Hätte schlimmer kommen können.«

Raymond nickte. »Allerdings. Die Jungs von der Flotte haben im Gefecht mit den Jagdkreuzern fünf Schiffe verloren. Zwei Korvetten, einen Angriffs- und zwei Begleitkreuzer. Die Drizil haben einen Träger, zwei Zerstörer und eine Fregatte eingebüßt. Das muss da oben ziemlich heftig gewesen sein.«

»Das wundert mich nicht«, gab Nathaniel zurück. »Die Flohteppiche waren nie leichte Gegner. Das hat sich nicht geändert, auch wenn die Nefraltiri weg sind.«

Raymond neigte leicht den Kopf zur Seite. »Etwas hat sich schon geändert. Die Flohteppiche kämpfen nicht mehr bis zum letzten Mann. Wir haben fast zweitausend Gefangene gemacht. In der Mehrheit Zivilisten, aber auch viele Krieger darunter.«

»Die Sklavenmeister sitzen nicht mehr mit der Peitsche hinter ihnen und treiben sie an«, nickte Nathaniel. »Ich bin ganz froh darüber.«

Raymond machte eine verkniffene Miene. »Findest du? Aber jetzt müssen wir uns mit Gefangenen herumschlagen, sie verpflegen und versorgen – und uns überlegen, was wir mit ihnen anstellen sollen.«

»Wäre es dir lieber, wir würden sie alle erledigen?«, fragte Nathaniel. In diesem Augenblick meldete sich sein Komgerät piepend zu Wort. Er hob die Hand, bevor sein Bruder etwas erwidern konnte. »Spar dir einen Kommentar«, gebot er lachend Einhalt. »Ich glaube, ich will gar nicht wissen, was du darauf antworten würdest. Entschuldige mich bitte.«

Nathaniel erhob sich, setzte seinen Helm auf und ging ein paar Schritte auf Abstand. Er bestätigte die Zwei-Wege-Verbindung. »Hier Rogers. Ich höre ...«

»Menzel hier. Colonel, verladen Sie umgehend Ihre Einheit. Ich erhielt gerade eine Priorität-eins-Nachricht von Vector Prime. Ihr Typ wird verlangt.«

Nathaniel runzelte die Stirn. »Priorität eins? Irgendeine Idee, worum es geht?«

»Keine. Es stand nichts drin, außer dass ich Ihre Legionäre und Sie umgehend dorthin schaffen soll.«

Nate überlegte einen Moment, bevor er einen tiefen Seufzer ausstieß. »Verstanden, Captain. Bereiten Sie alles vor. In einer Stunde sind wir abflugbereit.« Er kappte die Verbindung, setzte den Helm ab und drehte sich wieder zu Raymond um.

Dieser erhob sich. Er kannte seinen Befehlshaber und Bruder wie kein Zweiter und erkannte die veränderte Sachlage auf den ersten Blick. »Probleme?«, wollte er wortkarg wissen.

»Keine Ahnung«, entgegnete Nathaniel wahrheitsgemäß. »Unsere Leute sollen sich wieder einschiffen. Wir sind hier fertig.«

2

Der zweiwöchige Flug zurück nach Vector Prime verlief erfreulich ereignislos. Wenn man davon absah, dass mehr als fünftausend Soldaten eingepfercht in einem Transporter zubringen mussten, den man im Volksmund der Legionäre gemeinhin als Konservendose bezeichnete.

Vector Prime war eine hoch industrialisierte Welt und darüber hinaus eine Sektorhauptwelt. Die Republik bestand aus insgesamt achtundvierzig bewohnten und einer hohen Anzahl unbewohnter Systeme, aufgeteilt in zwölf Sektoren. Aber lediglich zwei Systeme kannte wirklich jedes Kind, sei es, innerhalb der Republik geboren und aufgewachsen oder nicht. Das eine war Perseus, die Hauptwelt der Terranisch-Republikanischen Liga, das andere Vector Prime, auf der einige der wichtigsten Schlachten aus den Drizil- und Nefraltiri-Kriegen ausgetragen worden waren.

Nathaniel schritt bereits die Rampe des Truppentransporters herunter, noch bevor sich diese zur Gänze auf den Asphalt des Raumhafens abgesenkt hatte.

Der Befehlshaber der 21. Legion hatte seit Jahren seinen Fuß nicht mehr auf den Boden von Vector Prime gesetzt und war gelinde gesagt überrascht, wie sehr sich diese Welt seit seinem letzten Besuch verändert hatte. Eine der größten Schlachten des vergangenen Krieges war hier geschlagen worden. Vor allem die Hauptstadt Cibola war in den erbitterten Kämpfen praktisch in Schutt und Asche gelegt worden. Doch Nathaniel registrierte kaum noch Spuren der Schlachten, die diesen Planeten heimgesucht hatten. Die Bevölkerung leistete Herausragendes dabei, ihre Heimat wiederherzustellen.

Vector Prime war noch weitaus mehr von Leben erfüllt als damals. Es erfreute Nathaniels Herz, dass sich die hiesige Bevölkerung nicht unterkriegen ließ. Ein Wagen wartete am Fuß der Rampe. Der Fahrer, ein Corporal in den Farben der 18. Gardelegion, stand mit hinter dem Rücken verschränkten Armen vor der Limousine und wartete geduldig darauf, seinem Gast die Tür zu öffnen.

Raymond wollte ihm die Rampe hinab folgen – der Colonel schüttelte den Kopf. »Du bleibst hier. Unsere Jungs und Mädels sollen Quartier beziehen. Behalt alles im Auge, bis ich zurück bin.«

Der Major hielt inne. »Soll ich nicht lieber mitkommen?«

Nathaniel setzte seinen Weg die Rampe hinab fort. »Nicht nötig. Ist ja nicht so, als wären wir hier im Kampfeinsatz. Was immer von uns erwartet wird, ich werde auch allein damit fertig. Sobald ich zurück bin, werde ich dich informieren.« Er grinste. »Und sorg dafür, dass sich niemand Ärger einhandelt.«

* * *

Sergeant Major Lester Sullivan steuerte das Gerüst neben seiner Pritsche an, stellte sich hinein und fuhr die Systeme der Rüstung herunter. Zu guter Letzt öffnete er die Panzerung über die Verschlussstelle entlang des Rückgrats. Mit einem erleichterten Stöhnen trat er einen Schritt zurück und schloss damit den Vorgang ab.

Lester kreiste seinen Kopf erst in die eine, dann in die andere Richtung. Die Muskeln knirschten protestierend. Er fühlte sich aber bedeutend besser.

»Nun?«, wandte er sich an seinen Trupp. »Wir haben die nächsten zwei Tage erst mal dienstfrei. Was habt ihr vor? Sollen wir was zusammen unternehmen?«

Toshiro grinste. »Ich weiß schon, was ich tun werde. Cibola hat die besten Bordelle der ganzen Republik.«

Natascha bekam glänzende Augen. »Da schließe ich mich an.«

Die Bemerkung brachte ihr überraschte Blicke von Lester und Dustin ein. Der Corporal und Nummer zwei des Trupps zog sogar beide Augenbrauen nach oben.

Natascha zuckte mit verschmitztem Grinsen die Achseln. »Da arbeiten auch Männer.« Ihr Grinsen wurde breiter. »Und ganz schön knackige. Ich bin schließlich eine Frau aus Fleisch und Blut.«

Dustin lachte. »Stimmt. Das vergesse ich immer.« Die Bemerkung brachte ihm einen sanften Rippenstoß der Legionärin ein, die aber immer noch grinste.

Lester sah den beiden Soldaten kopfschüttelnd, aber lächelnd hinterher. »Die sind wirklich einfach glücklich zu machen.«

»Solange der Sold ausreicht«, gab Megan unbekümmert zurück, ließ sich schwer auf ihre Pritsche fallen und zauberte ein Buch aus ihrem Seesack hervor.

Noch während Lester zusah, begann die Legionärin zu schmökern und schien auch schon nach wenigen Sekunden in ihrer eigenen, kleinen Welt zu versinken.

Der Sergeant Major beobachtete sie für einige Sekunden. Er dachte schon daran, den Raum zu verlassen, aber das Bild, das sich ihm bot, konnte er schlichtweg nicht unkommentiert so stehen lassen.

»Und das ist alles, was du jetzt machst? Lesen?«

Megan sah auf. »Es gibt schlechtere Arten, sich zu beschäftigen.«

»Schon, aber die beiden haben wenigstens etwas Spaß am Leben. Alles, was du machst, ist, dich in der Kaserne zu verkriechen.« Um seine Meinung zu unterstreichen, deutete der Unteroffizier mit einem Wink über die Schulter in Richtung der beiden Legionäre, die gerade verschwunden waren. »Du solltest ausgehen. Jemanden kennenlernen.«

Megan sah augenzwinkernd und mit verschmitztem Lachen auf. Lester seufzte. »Es muss ja nicht jemand sein, den du dafür bezahlst.«

»Ich bin ganz glücklich mit meinem Beziehungsstatus. Vielen Dank auch.«

Um ein Haar hätte Lester ihr geraten, doch ihre Familie zu besuchen. Der Sergeant Major konnte sich gerade noch rechtzeitig bremsen. Megans gesamte Familie war während des Krieges umgekommen. Die Jackury hatten sie erwischt, als ihr Planet in der Nähe der Front überrannt worden war. Megan selbst war als Flüchtling nach Vector Prime gekommen und hatte sich den Legionen angeschlossen, kaum dass sie das richtige Alter erreicht hatte.

Die von den Nefraltiri als Sturmtruppen und Exterminatoren eingesetzten Insektoiden kannten keine Gnade. Es handelte sich um Allesfresser, die eine Welt von jeder Form biologischer Masse befreien konnten. Wer in ein Jackurynest verschleppt wurde, den erwartete ein grausiges Schicksal. Zum Glück war es der republikanischen Armee in den letzten Jahren gelungen, diese Plage mit Stumpf und Stiel auszumerzen. Lester war kein Freund von Genozid, aber die Jackury verdienten nichts Besseres.

Vielleicht zog Megan die Gesellschaft eines guten Buches vor, weil sie niemanden mehr hatte. Die Armee war zu ihrer Heimat geworden und der Trupp kam dem, was einer Familie glich, für diese Frau noch am nächsten. Wer kaum noch etwas hatte, das für ihn außerhalb des militärischen Alltags zählte, der zog sich in sich selbst zurück. Lester hatte das schon des Öfteren erlebt. Und es endete niemals gut.

Lester wollte sich abwenden, damit sich Megan ihrer Lektüre widmen konnte, überraschenderweise sah sie noch einmal auf. »Was hast du eigentlich vor?«

Lester erwog kurz die Möglichkeit, seine Kameradin einfach anzulügen, da er über seine Pläne selbst nicht gern sprach. Doch das wäre nicht fair gewesen.

»Ich habe vor, bei meiner Ex vorbeizusehen«, erklärte der Sergeant Major mit unglücklich verzogener Miene.

Megan schenkte ihm einen mitfühlenden Blick. »Immer noch Ärger im Paradies?«

Lester schnaubte herablassend. »Das mit dem Paradies hat sich schon lange erledigt. Mir geht es jetzt nur noch um Michael.«

»Wie geht's deinem Kleinen?«

»Klein ist er jetzt ganz bestimmt nicht mehr.« Ein stolzes Lächeln zog Lesters Mundwinkel nach oben, als er angestrengt nachdachte. »Er dürfte jetzt siebzehn sein.«

»Du musst überlegen, wie alt dein Sohnemann ist?« Lester bemerkte den leicht tadelnden Unterton in der Stimme seine Kameradin.

Er zuckte die Achseln und setzte sich ans Fußende ihrer Pritsche. »Ich habe ihn seit gut zehn Jahren nicht mehr gesehen. Genauso lange bin ich nicht mehr auf Vector Prime gewesen. Das Soldatenleben ... du verstehst ...« Er ließ den Satz unheilvoll ausklingen.

Megan nickte verständnisvoll. »Der Job fordert seinen Tribut.«

»Das tut er.« Lester seufzte. »Ich befürchte, meine Ex wird vor unserem Sohn nicht sehr gut über mich reden.« Der Unteroffizier senkte den Kopf. »Ich kann es ihr nicht verübeln. Der Job hatte bei mir immer Vorrang vor dem Privatleben. Darum ist meine Ex jetzt auch meine Ex. Vermutlich will er mich gar nicht sehen.«

»Wenn du dich da mal nicht täuschst«, gab sie zurück und deutete mit einem Kopfnicken zur Tür.

Eine Gestalt verdunkelte das von draußen hereinfallende Licht. Lester hatte trotzdem keine Probleme, seinen Sohn auf Anhieb zu erkennen. Aus dem Jungen war mittlerweile jemand geworden, der sich rapide dem Mannesalter näherte. Die Gesichtszüge waren jedoch immer noch dieselben. Und die Ähnlichkeit zu seinem Vater war frappierend – um es vorsichtig auszudrücken. Michael war eine fast zwanzig Jahre jüngere Version des Sergeant Majors. Megans Blick glitt mehrere Male zwischen Vater und Sohn hin und her, bevor sie sich hinter ihrem Buch versteckte. Sie wollte offenbar in die Begegnung auf keinen Fall hineingezogen werden.

Michael musterte seinen Vater eine Weile ungerührt. Lester erhob sich ein wenig schwankend. Selbst im Angesicht einer blutigen Schlacht hatte er sich noch nie dermaßen elend und unsicher gefühlt. Er wankte zwei Schritte auf seinen Sohn zu.

»Michael …«, begrüßte er ihn.

»Dad …«, gab dieser zurück. Für mehrere Sekunden wusste keiner von beiden etwas zu sagen.

Lester maß sein Gegenüber von oben bis unten. »Du siehst gut aus.« Er war sich selbst im Klaren, wie unzulänglich die Worte klangen, aber etwas Besseres fiel ihm beim besten Willen nicht ein. »Wie geht es deiner Mom?«

Michael zuckte die Achseln. »Sie lebt, sie arbeitet, sie verflucht dich …« Der junge Mann grinste. »Das Übliche.« Seine Miene verdunkelte sich schlagartig wieder. »Sie wollte nicht, dass ich dich aufsuche.«

»Kann ich mir sehr gut vorstellen. Ich freue mich umso mehr, dich zu sehen.« Er runzelte die Stirn. »Wie hast du mich überhaupt gefunden?«

Michaels Miene hellte sich auf. »Das war leicht. Eure Ankunft ist *das* Thema in den Nachrichten. Am Tor sagte man mir, wo ich dich finde.«

»Ich verstehe.« Lester räusperte sich. »Sollen wir was essen gehen … uns unterhalten …?« Lester räusperte sich aus Verlegenheit erneut. »Hast du eine Freundin?«

Michael hob mahnend eine Hand. »Dad, versteh mich richtig. Ich bin nicht hier, um einen auf heile Welt zu machen. Der Zug ist schon lange abgefahren. Ich bin auch nicht hier, um meinem Vater noch eine zweite

Chance zu geben. Dazu ist es auch zu spät. Ich hätte einen gebraucht, als ich noch ein Kind war.«

Die Erwiderung seines Sprösslings traf Lester wie einen Schlag in die Magengrube. Er musste an sich halten, um nicht wie ein schwer getroffener Boxer zurückzutaumeln und in die sprichwörtlichen, aber real nicht vorhandenen Seile zu taumeln.

»Ich verstehe, Junge. Ich verstehe.« Er leckte sich über die Lippen. »Wenn du mich nicht wirklich sehen wolltest, was machst du dann hier?«

Michael streckte sein Rückgrat durch und wirkte mit einem Mal sogar noch ein paar Zentimeter größer. »Ich brauche deine Hilfe. Ich will das VPIK besuchen.«

Lesters Augen wurden größer. Das Vector Prime Institut der Kriegskünste war eine der renommiertesten Offiziersakademien der republikanischen Liga. Nur die Besten wurden dort aufgenommen, um auf den Dienst im Militär vorbereitet zu werden. Die Absolventen waren dazu ausersehen, später die Befehlshaber von Kohorten und Legionen zu werden.

In Lester rangen Stolz und Sorge miteinander. »Da hast du dir ja einiges vorgenommen.«

»Das weiß ich. Mom ist dagegen und versucht ständig, es mir auszureden.«

»Du solltest auf sie hören, Junge.«

Michaels Augen funkelten zornig. »Wieso? Glaubst du, dass ich es nicht draufhabe, Soldat zu sein?«

»Das ist es nicht. Aber ich habe den Krieg erlebt. Ich habe mein Leben lang gekämpft, damit nachfolgende Generationen ein wenig Frieden genießen können. Such dir eine andere Berufung, Michael. Der Krieg ist nichts, auf das man sich freuen sollte.«

Michael schüttelte energisch den Kopf. »Meine Noten sind besser als nötig, um das VPIK zu besuchen. Und ich habe mich bereits entschieden. Ich will das machen und ich werde es auch durchziehen.«

»Wenn du keinen Rat von mir willst, dann frage ich mich, was ich sonst für dich in dieser Sache tun kann.«

Michael wirkte zunehmend verlegen. Plötzlich sprudelten die Worte nur so aus ihm heraus. »Die Chancen auf Aufnahme steigen, wenn man von einem Absolventen ein Empfehlungsschreiben erhält. Und da dachte ich ...« Er stockte mitten im Satz.

»Du dachtest, ich könnte mit einem unserer Offiziere reden, der das Institut besucht hat«, vollendete Lester die Ausführungen seines Sohnes. Michael nickte.

Lester stieß einen Schwall Luft zwischen den Vorderzähnen aus. Er öffnete den Mund, um einen zweiten Versuch zu starten, seinem Sohn die Sache auszureden, aber dieser kam ihm zuvor.

»Das bist du mir schuldig, Dad«, hielt ihm der junge Mann unverblümt vor. »Wenn du das für mich tust, musst du kein schlechtes Gewissen mehr wegen verpasster Geburtstage haben. Was mich betrifft, sind wir dann quitt.«

Trotz der Worte schwang eine gewisse Bitterkeit in Michaels Tonfall mit. Lester schluckte. Ihm war nie bewusst gewesen, wie sehr er seinen Sohn durch seine ständige Abwesenheit verletzt hatte. Möglicherweise hatte er es auch nur verdrängt.

Lester senkte betreten den Kopf und nickte schließlich. »Ich rede mit unserem Major. Der wird das sicherlich für dich deichseln. Rogers ist ein guter Offizier, aber was noch wichtiger ist, ein guter Mann.«

Auf Michaels Gesicht erschien unvermittelt die Andeutung eines ehrlichen Lächelns. »Danke, Dad. Das bedeutet mir viel.« Er sah sich kurz über die Schulter um. »Ich denke, ich werde jetzt wieder gehen.«

Lester öffnete den Mund, aber erneut kam ihm sein Sohn zuvor. »Bitte ... schlag nicht wieder vor, etwas mit mir zu unternehmen. Ich bin kein kleines Kind mehr. Belassen wir es einfach dabei.«

Lester schloss den Mund mit hörbarem Klacken, als die Kiefer unerwartet schwer aufeinandertrafen. Der Sergeant Major nickte schlicht. Michael drehte sich um und wollte den Raum wieder verlassen.

»Es war trotzdem schön, dich zu sehen«, warf Lester ihm hinterher. Michael stutzte für einen Moment, sah sich über die Schulter um und nickte knapp, bevor er die Unterkunft endgültig verließ.

Lester starrte noch einen ewig erscheinenden Moment auf den Punkt, an dem vor Kurzem sein Sohn gestanden hatte. »Soldat ... er will allen Ernstes Soldat werden.«

»Wie der Vater, so der Sohn«, kommentierte Megan von ihrer Pritsche aus ungerührt. Sie zögerte für einen Moment, bevor sie mit hörbarem

Lachen in der Stimme fragte: »Hast du ihn echt gefragt, ob er eine Freundin hat?«

Lester warf in nur teilweise gespielter Hilflosigkeit seine Arme in die Luft. »Ich hatte keine Ahnung, was ich mit ihm reden soll.«

* * *

Der Fahrer brachte Lieutenant Colonel Nathaniel Rogers nicht wie erwartet zum Hauptquartier der Streitkräfte auf Vector Prime, sondern zur hiesigen Gouverneursresidenz.

Der Fahrer stieg aus und öffnete ihm die Tür. Ein weiblicher Lieutenant, ebenfalls in der Ausgehuniform der 18. Gardelegion gekleidet, erwartete ihn bereits und nach kurzer Begrüßung führte ihn die Frau die breite Treppe hoch und in das Innere des Gebäudes.

Dort herrschte rege Betriebsamkeit. Eine Menge ziviler Beamter und militärisches Personal wuselte umher, um ihre jeweiligen Aufgaben zu erledigen. Jedes Mal, wenn Nathaniel einen solchen Komplex betrat, hatte er das Gefühl, sich in einem Ameisenhaufen zu befinden.

Der weibliche Lieutenant führte ihn durch ein Labyrinth verschachtelter Gänge, bis sie vor einem Raum ankamen, dessen Tür von sechs weiteren Gardelegionären der Achtzehnten flankiert wurden – und diese waren in ihre Rüstung gekleidet und voll armiert. Bis jetzt hatte Nathaniel vermutet, dass der Gouverneur des Sektors unter Umständen mit ihm sprechen wollte. Doch die Anwesenheit derart vieler Gardelegionäre deuteten auf einen gänzlich anderen Gastgeber hin.

Man wartete schon auf ihn. Zwei der Gardelegionäre öffneten die breiten Türflügel. Die Leibwachen ließen ihn dabei nicht aus den Augen. Sie waren überaus wachsam und hielten die entsicherten Waffen ständig griffbereit.

Er kam ins Grübeln. Die Gardelegionen waren mit dem Schutz der Hauptwelt Perseus betraut. Außerhalb dieses Systems sah man sie nur, wenn sie den Präsidenten auf seinen Reisen begleiteten.

Die Tür öffnete sich zur Gänze und Nathaniel sah sich unvermittelt Präsident Mason Ackland gegenüber, dem Staatsoberhaupt der Terranisch-Republikanischen Liga. Der Colonel schluckte.

Dem Präsidenten hatte er bisher nur einmal persönlich gegenübergestanden, und zwar, als ihm das Kommando über die 21. Legion übergeben worden war. Er stand hier einer wahren Legende gegenüber: dem Kriegspräsidenten. Dem Präsidenten, der die Republik durch ihre wohl schwerste Prüfung des Nefraltiri-Krieges geführt hatte.

Eigentlich hatte Ackland bei Kriegsende angekündigt, nicht mehr kandidieren zu wollen. Trotzdem hatte er noch eine weitere Legislaturperiode hinter sich gebracht und anschließend auch die aktuelle, die bald ihrem Ende entgegensah. Die Amtszeit eines Präsidenten dauerte lediglich vier Jahre. Für das kommende waren die nächsten Wahlen angesetzt und die Medien spekulierten bereits, ob Ackland es noch einmal wissen wollte und für eine dritte Nachkriegslegislaturperiode zur Wahl antreten würde. Es wurden sogar Wetten angenommen. Die Quoten standen neun zu drei dafür. Nathaniel hatte sogar erwogen, selbst eine nicht unerhebliche Summe zu setzen. Es schien leicht verdientes Geld zu sein.

Er trat in den Raum und die beiden Wachen schlossen die Tür hinter ihm verblüffend geräuschlos. Erst jetzt bemerkte er den anderen Mann im Raum. Es handelte sich um einen hochgewachsenen Offizier mit ergrautem Haar und den Insignien eines Lieutenant Generals am Kragen. Nathaniel hatte aber lediglich Augen für die Ausgehuniform, die der Mann trug. Es handelte sich um die Farben der Schattenlegionen.

Der Colonel hatte das Gesicht des Offiziers noch nie gesehen, aber dessen Rang und seine Uniform ließen nur einen Schluss zu. Es gab lediglich einen Lieutenant General der Schattenlegionen: Finn Delgado, Held des Drizil- und Nefraltiri-Krieges. Schon die zweite Legende, der er heute gegenüberstand. Langsam bekam er weiche Knie. Wo zur Hölle war er hier nur hineingeraten?

Präsident Mason Ackland deutete auffordernd auf den freien Stuhl im Raum. »Neben Sie bitte Platz, Colonel. Ich ...« Ackland zögerte. »*Wir* ...«, korrigierte er sich mit einem Wink in Delgados Richtung, »sind Ihnen sehr dankbar, dass Sie unserer Einladung so schnell gefolgt sind.«

Nate nickte und unterließ den zwangsläufig im Raum stehenden Hinweis, dass er kaum eine große Wahl gehabt hatte.

Nathaniel nahm all seine Kraft zusammen, damit die beiden Männer nicht erkannten, wie flau ihm momentan zumute war. Er setzte sich und sein Blick wanderte nach Antworten suchend von einem zum anderen.

Der Präsident wechselte mit dem Oberbefehlshaber der Schattenlegionen einen kurzen Blick, dann nahmen die beiden Männer ebenfalls Platz.

»Sie haben sicher viele Fragen«, begann Ackland ohne Umschweife. »Und Sie haben natürlich ein Recht auf Klarheit. Daher will ich Sie nicht großartig mit einer Einleitung oder ausschweifenden Ausführungen langweilen.« Der Präsident machte eine kurze Pause, um sich zu sammeln. »Colonel, wie Sie wissen, finden nächstes Jahr die Präsidentschaftswahlen statt. Die Vorbereitungen laufen bereits auf Hochtouren. Alle drei Kandidaten sind schon auf Wahlkampftour. Und an dieser Stelle kommt Ihre Einheit ins Spiel.«

Nathaniel hob verwirrt das Kinn. Er sagte kein Wort, sondern wartete darauf, dass der Präsident weitersprach. Dieser wiederum machte eine Pause. Offenbar erwartete der Mann irgendeine Art von Reaktion. Als diese ausblieb, sprach er weiter. Ackland deutete mit einem Kopfnicken auf den General. »Delgados Schattenlegionäre haben in den letzten Wochen und Monate besorgniserregende Informationen zusammengetragen. Etwas passiert da draußen. Womöglich hat jemand vor, Einfluss auf die Wahlen zu nehmen. Möglicherweise auch mit Gewalt.«

Nathaniel runzelte die Stirn. Der Präsident machte abermals eine Pause und schielte in Delgados Richtung. Dieser nahm den Faden auf. »Agenten der Republik sowie im Geheimen operierende Schattenlegionäre wurden in der letzten Zeit vermehrt auf … sagen wir mal … irreguläre Aktivitäten aufmerksam.«

»Könnten Sie in dem Punkt vielleicht etwas genauer sein, General?«, hakte Nathaniel nach.

»Das ist das Problem«, meinte Delgado offenbar frustriert. »Eben nicht. Alles, was wir haben, sind Andeutungen und Hinweise unserer Informanten. Es gibt aber nichts Konkretes.«

»Sollten wir das denn dann wirklich ernst nehmen?«

»Das haben wir uns auch schon gefragt«, spann Ackland den Faden weiter. »Wie kann man eine Bedrohungslage einschätzen, von der man nicht einmal weiß, ob sie existiert? Aber wir kamen zu dem Schluss, dass wir es uns nicht leisten können, sie *nicht* ernst zu nehmen.«

»Besser, wir sind übervorsichtig als zu lasch in unserer Aufmerksamkeit«, schoss Delgado hinterher. Der Präsident nickte zustimmend.

»Und warum erzählen Sie mir das alles? Der Schutz der Wahl und der beteiligten Kandidaten obliegt doch den Zivilbehörden. Oder allenfalls den Schattenlegionen.«

Abermals wechselten die beiden Männer einen für Nathaniel undeutbaren Blick. Nur eines war klar: Das Ganze bedeutete eine Menge Ärger für die Einundzwanzigste.

»Wir wollen, dass Ihre Legion den Schutz der Kandidaten übernimmt. Und zwar ab sofort bis hin zum Wahltag und auch noch kurz danach«, erklärte Ackland ohne Vorwarnung.

Nathaniel riss die Augen auf. Seine Reaktion schien zumindest Delgado zu amüsieren. Der Colonel schüttelte den Kopf. »Für diese Art Aufgabe, sind meine Leute ...«

»... genau richtig«, fiel ihm Delgado ins Wort. »Legionäre einer irregulären Einheit sind zu unkonventionellem Denken in der Lage. Sie können sich schnell auf unterschiedlichste Bedrohungslagen einstellen. Außerdem – und das ist das Wichtigste – sind sie auf Vector Prime relativ anonym. Meine eigenen Leute werden in der Tat weiterhin den Schutz des Präsidenten und der drei Kandidaten übernehmen. Wir brauchen aber Leute, die in der Menge notfalls untertauchen und in Zivilkleidung ein Auge auf unsere Schützlinge haben können. Meine eigenen Legionäre kann ich dafür nicht einsetzen. Das würde jeder durchschauen. Ich brauche Soldaten zur Unterstützung. Meine Schattenlegionäre werden als offensichtliche Personenschützer auftreten und Ihre als eine weniger offensichtliche Alternative. Außerdem ...« Der General machte eine kurze Pause, bevor er fortfuhr. »... brauchen wir Soldaten, die hier nicht so bekannt ist. Und Ihre Einheit hat seit zehn Jahren keinen Fuß mehr auf Vector Prime gesetzt. Das ist in diesem Fall ein ungeheurer Vorteil.«

Nathaniel neigte den Kopf leicht zur Seite. »Wieso das?«

Plötzlich wirkten sowohl Delgado als auch Ackland, als sei ihnen unbehaglich zumute. Es war der General, der weitersprach: »Wir besitzen glaubhafte Hinweise, dass unter Umständen Legionäre darin verwickelt sind. Soldaten hier auf Vector Prime.«

»Glaubwürdige Hinweise?«, meinte Nathaniel. »Das klingt jetzt ein wenig schwammig.«

Delgado zuckte die Achseln. »Mag sein, aber Tatsache ist, wir können derzeit niemandem aus dem Militärpersonal dieser Welt trauen. Wir brauchen jemanden von außerhalb.«

»Und da kommen Sie ausgerechnet auf die Einundzwanzigste?«

Nathaniel machte eine Pause. Er verlangte eine Antwort auf diese Frage. Und er würde nicht lockerlassen, bis er eine erhielt. Offenkundig kam die Botschaft beim Präsidenten an. Dieser lächelte schmal.

»Sie wurden uns wärmstens empfohlen, Colonel.«

Als hätte er ein Signal gegeben, ging eine Tür im hinteren Teil des Büros auf und eine hochgewachsene Gestalt betrat den Raum. Nathaniel sprang auf und nahm unwillkürlich Haltung an, aber der Neuankömmling winkte lediglich ab und hielt ihm seine gewaltige Pranke hin.

Nathaniel entspannte sich ein wenig und es gelang ihm sogar, das Lächeln zu erwidern, als er die dargebotene Hand fest drückte.

»General Marsden«, begrüßte er den Neuankömmling. Nathaniel erinnerte sich noch gut an den General, den sie kurz vor Kriegsende aus einer Hinradybasis befreit hatten. Beinahe gegen seinen Willen begann er, den Mann eingehend zu mustern. Bei der Aktion hatte sich Marsden mehrere schwere Verletzungen zugezogen, unter anderem einen Riss quer über der Stirn. An derselben Stelle prangte nun eine breite Narbe. Abgesehen davon sah der General gesund aus, wirkte sogar gut gelaunt.

»Colonel«, grüßte Major General Lyonel Marsden zurück. »Schön, Sie zu sehen.«

»Das Kompliment kann ich zurückgeben, Sir.« Nathaniel trat zur Seite und bot dem höherrangigen Offizier respektvoll seinen Stuhl an.

Der General winkte lapidar ab. »Ich stehe lieber. Danke, Colonel.«

Nathaniel setzte sich, ein wenig unwohl. Ihm blieb kaum eine andere Wahl, da Marsden die Sitzgelegenheit abgelehnt hatte.

»Wie ist es Ihnen ergangen, Sir?«, wollte der Colonel wissen.

Für den Bruchteil einer Sekunde schienen Wolken den Kopf des Generals zu umgeben und sein Blick wurde leer. Nathaniel konnte nur vermuten, dass seine Gedanken unwillkürlich zu der Zeit in Kriegsgefangenschaft zurückkehrten.

»Eigentlich ganz gut. Die Gastfreundschaft der Hinrady hat mir ein Jahr in einem Veteranenhospital eingebracht und dann noch einmal zwei Jahre in Reha.« Er klopfte sich auf das linke Bein und erst jetzt bemerkte Nathaniel, dass es sich um eine Prothese handelte. Als sie den Mann gerettet hatten, war das Bein verdreht, mehrmals gebrochen und durch Folter verunstaltet gewesen. Offenbar hatte man es nicht retten können.

»Das tut mir sehr leid, Sir«, gestand Nathaniel ehrlich.

Marsden zuckte die Achseln. »Wenigstens war der Krieg für mich vorbei. Ich hatte dann noch verschiedene Posten inne und seit etwas mehr als einem Jahr diene ich Präsident Marsden nun als Stabschef. Meine aktive Zeit auf dem Schlachtfeld ist vorbei und ehrlich gesagt, trauere ich dem keine Sekunde nach. Ich habe die Ehre, der Regierung Ackland mit meiner Erfahrung zu dienen. Mein Rat ist anscheinend inzwischen sehr gefragt.« Marsden deutete auf Delgado. »Finn und ich sind alte Freunde. Er hat mich für diesen Posten vorgeschlagen. Als er mich um meine Expertise für den vorliegenden Fall bat, habe ich Ihren Namen ins Spiel gebracht. Ich hoffe, ich bin damit nicht übers Ziel hinausgeschossen.«

»Nein, natürlich nicht«, log Nathaniel, der sich immer noch ziemlich überrumpelt fühlte.

An dieser Stelle brachte sich der Präsident wieder in Erinnerung. Ackland reckte sich übertrieben. »Ich störe die Wiedersehensfreude nur ungern, aber aufgrund des Zeitdrucks brauche ich eine Antwort, und zwar sofort. Ist Ihre Einheit die richtige für diese Art Aufgabe?«

Die Wahl, die der Präsident ihm ließ, war eigentlich keine. Man sagte nicht Nein zu Mason Ackland. Jedenfalls dann nicht, wenn man Wert auf eine Fortführung der eigenen Karriere legte. Er fühlte sich dabei immer noch nicht recht wohl, nickte aber steif.

»Ausgezeichnet.« Ackland klatschte erfreut in die Hände. »Wählen Sie die geeigneten Leute für den Einsatz aus. Sie werden die Kandidaten in Kürze treffen. Anschließend übernehmen Sie ohne Verzögerung den Personenschutz für alle drei.«

»Sie meinen vier«, wagte Nathaniel zu sagen. »Es treten doch sicherlich vier Kandidaten zur Wahl an.«

Ackland grinste verhalten. »Nein, nur drei. Ich werde mich nicht mehr zur Wahl stellen.« Er hob beide Hände. »Ich weiß, ich weiß, das sage ich bereits seit zwei Amtsperioden, aber dieses Mal ist es die Wahrheit. Für mich reicht es. Der wohlverdiente Ruhestand wartet auf mich.« Das Grinsen des Präsidenten wurde breiter. »Mir ist bewusst, es laufen diesbezügliche Wetten. Ich hoffe, Sie haben nicht auf mich gesetzt.«

»Ich wette nicht«, gab Nathaniel knapp zurück und erhob sich. »Und wenn das alles ist, dann entschuldigen Sie mich bitte. Ich muss Vorbereitungen treffen.«

Der Colonel der 21. Irregulären Legion verabschiedete sich von den zwei Generälen sowie dem Präsidenten und verließ den Raum. Draußen angekommen, marschierte er den Korridor entlang. Erst als er außer Sichtweite der zwei Wachposten war, lehnte er sich schwer atmend gegen eine Wand. Nathaniel nahm ein paar tiefe Atemzüge. Da war er ja wirklich in einen schönen Schlamassel hineingeraten. Das war das Problem, wenn man gut in seinem Job war. Man bekam solche Höllenaufträge zugeschanzt.

Er setzte sich erneut in Bewegung und hing seinen Gedanken nach. In einem Punkt war er aber wirklich erleichtert. Hätte er tatsächlich gewettet, hätte er eine Menge Kohle verloren.

3

Lieutenant Tammy Rogers biss eisern die Zähne zusammen, als der Legionär neben ihr mit sorgfältigen Bewegungen seine Arbeit beendete und die Tätowierung auf ihrem Hals abschließend noch einmal begutachtete.

Dort stand nun in krakeliger Schrift die Worte *Hades exspectat* zu lesen. Hades wartet! Das Motto der 21. Legion. Sie erhob sich aus ihrer halb liegenden Position und die Menschen ringsum jubelten aufgeregt.

Major Raymond Rogers, Tammys Vater, kam freudestrahlend auf sie zu und umarmte den weiblichen Lieutenant herzlich. Irgendjemand drückte ihr ein Bier in die Hand. Raymond löste sich von ihr und prostete mit dem eigenen Glas den Männern und Frauen zu: »Auf die neueste Absolventin des Vector Prime Instituts der Kriegskünste!« Falls überhaupt möglich, rastete die Menschenmenge noch mehr aus. Es handelte sich um jeden Offizier der Legion vom Lieutenant aufwärts. Jeder war gekommen, um dem Initiationsritus beizuwohnen. Es war Tradition der Einundzwanzigsten, dass sich jeder Legionär – unerheblich, ob gemeiner Soldat, Unteroffizier oder Offizier – beim Eintritt in die Einheit das Motto auf den Hals tätowieren ließ.

»Die Frau neben mir wird bestimmt mal General«, lachte ihr Vater weiter mit einer Stimme, die sich schon ein wenig angesäuselt anhörte.

Tammy senkte verlegen den Kopf. »Nun hör schon auf, Dad. Du haust gerade ganz schön dicke Nägel rein.«

Raymond Rogers wandte sich dem frischgebackenen Lieutenant mit erstaunter Miene zu. »Darf ein Mann nicht stolz sein auf seine einzige Tochter, die Frucht seiner Lenden?«

Tammy betrachtete ihn übertrieben kritisch. »Bist du etwa schon jetzt betrunken?«

»Noch nicht, aber ich hoffe, bald.«

Beide lachten drauflos. Nacheinander betraten zwei Männer den Raum: ein Sergeant Major in den Farben der 21. Legion sowie ein Flottenoffizier im Rang eines Captains. Beide machten den Anschein, Tammys Aufmerksamkeit erregen zu wollen. Doch dann wurde ihr durch den Schleier des Alkohols, den sie bereits konsumiert hatte, klar, dass der Flottenoffizier und ihr Vater sich wohl kannten.

Der Sergeant Major drängte sich unter Einsatz seiner Ellbogen durch die Menschenmenge, die die Party inzwischen bevölkerte. Der Mann hatte es eindeutig auf sie abgesehen. Ihr Vater hingegen schmunzelte. »Anscheinend wird mein Typ verlangt«, kommentierte er. »Wir sehen uns später.«

Tammy nickte und erwartete mit schon erheblich geröteten Wangen die Ankunft des Unteroffiziers. Sie begrüßte den Mann mit leicht wackligen Knien. »Sergeant Major Lester Sullivan«, sprach sie ihn an. »Nicht wahr?«

Der Mann nickte mit erfreutem Lächeln, wenn auch ein wenig verlegen. Sie erinnerte sich noch relativ gut an ihn. Die 21. Legion war seit ihrem Teenageralter so eine Art zweiter Heimat gewesen, schon bevor sie ans Institut aufgebrochen war. Die alten Haudegen der Legion hatten sie damals stundenlang mit Geschichten über ihre Kriegsabenteuer unterhalten – wobei sie mittlerweile der Meinung war, dass die Kerle vermutlich die blutigsten Stellen weggelassen hatten.

»Wie nett von Ihnen, sich noch an mich zu erinnern«, nickte der Sergeant Major zurück. »Ma'am, dürfte ich Sie um einen Augenblick Ihrer Zeit bitten?« Er deutete auf den Major, der soeben in einem tiefen Gespräch mit dem Flottenoffizier vertieft war. »Eigentlich wollte ich zu Ihrem Vater, aber der ist anscheinend beschäftigt. Und mein Anliegen ist ... nun ja ... es ist mir persönlich sehr wichtig.«

Tammy runzelte die Stirn. »Natürlich. Schießen Sie los.«

Also, es ...«, druckste der Unteroffizier herum. »Es geht um meinen Sohn.«

Tammys Augen weiteten sich für einen Moment. »Ich wusste gar nicht, dass Sie einen Sohn haben.«

Sullivan druckste herum. »Nun, das ist ein wenig kompliziert. Seine Mutter und ich, wir sind schon lange nicht mehr zusammen. Und das Leben in der Legion hat mich ... wie soll ich sagen ... oftmals weit weg von der Heimatwelt geführt.«

Tammy verstand. Das war ein altes Lied, das Sullivan anstimmte. Eine

Geschichte, wie Tausende von Soldaten sie erzählen konnten. »Und was kann ich in dieser Hinsicht für Sie tun?«

Der Sergeant Major seufzte, ehe er fortfuhr. »Der Junge hat es sich in den Kopf gesetzt, das VPIK zu besuchen. Er will Offizier werden.«

Tammys Gesicht zeigte daraufhin ein schiefes Lächeln. »Und sind wir damit einverstanden? Oder nicht?«

Sullivan grinste angesichts ihrer Formulierung. »Wir sind es«, gab er frotzelnd zurück. »Irgendwie. Aber man kommt auf das Institut nur mit Empfehlungsschreiben.«

»Ich verstehe. Sie möchten eines von mir.«

Sullivan zuckte mit den Achseln. »Ich würde nicht darum bitten, wenn es mir nicht wirklich wichtig wäre. Meinen Jungen habe ich zeit seines Lebens im Stich gelassen. Das ist endlich mal eine Gelegenheit, mich als Vater zu fühlen.«

Ja, Tammy verstand nur allzu gut. Auch das war nicht neu. Sullivan kämpfte mit den immensen Schuldgefühlen, die in ihm tobten, weil er dermaßen wenig Anteil am Leben seines Sohnes gehabt hatte. Und nun versuchte er, sich von dieser Schuld freizukaufen.

Tammy klopfte ihm leicht auf die Schulter. »Ich kenne Ihren Sohn zwar nicht, Sarge, aber ich kenne Sie. Natürlich stelle ich ihm ein Empfehlungsschreiben aus ... mit besten Wünschen von mir.«

Der Sergeant lächelte erleichtert. »Ich kann Ihnen gar nicht genug dafür danken, Lieutenant.«

»Ist schon gut, Sarge ...«

Tammy wollte noch etwas hinzufügen, ihr Blick fiel zufällig auf den Rücken ihres Vaters. Sie vermochte zwar nicht sein Gesicht zu sehen, aber Raymond Rogers' Körpersprache wirkte nicht entspannt. Und angesichts des Alkoholpegels in seinem Blut war das schon ein Kunststück. Sie runzelte die Stirn.

Ihr Onkel, Lieutenant Colonel Nathaniel Rogers, hatte sich mittlerweile dazugesellt und beide diskutierten miteinander. Hin und wieder mischte sich der Flottenoffizier ein. Der eigentliche Streit wurde trotzdem unter den beiden Brüdern ausgetragen.

Tammy deutete auf den Flottenoffizier. »Sarge, kennen Sie den Kerl?«

Lester Sullivan drehte sich in die angegebene Richtung. Er kratzte sich nachdenklich am Kinn. »Ja, das ist Georg Menzel. Der hat uns schon mal ins Gefecht geschippert.« Sullivan richtete seine Augen zur Decke aus, solange er angestrengt nachdachte. »Das war während der Odin-Kampagne, glaube ich. Kurz vor Ende des letzten Krieges. Was will der denn hier?«

»Keine Ahnung«, gab Tammy zurück. »Aber mein Dad ist nicht sehr glücklich.«

* * *

Lieutenant Colonel Nathaniel Rogers schüttelte energisch den Kopf. »Das ist ein Befehl, Ray. Von niemand Geringerem als dem Präsidenten persönlich.«

Major Raymond Rogers' Gesicht lief rot an und er schien sich gar nicht mehr beruhigen zu wollen. »Wir sind eine Kampfeinheit, Nate. Eine Frontlinien-Eliteeinheit. Uns als Babysitter einzusetzen, das ist in etwa so, als würde man einem Rennpferd Gewichte um alle vier Beine binden.«

Nathaniel sah sich kurz um. »Würdest du bitte deine Stimme senken? Bemüh dich wenigstens um ein klein wenig Mäßigung. Wir sollten uns nicht vor der kompletten Einheit auf diese Weise aufführen.« Er seufzte und streckte die Schultern. »Und ja, du hast ja recht. Aber was soll ich denn machen? Einen Befehl des Präsidenten verweigern? Da könnte ich auch gleich den Dienst quittieren.«

Raymond senkte den Kopf und brummelte etwas Unverständliches vor sich hin. »Dann kommen wir da also nicht mehr raus, wie?«

»Nein«, bestätigte sein Bruder. »Keine Chance.«

Raymond brummelte erneut ein paar Worte, bei denen es sich lediglich um Flüche handeln konnte, und schenkte dem Flottenoffizier einen musternden Seitenblick. Dieser hatte sich in den letzten Minuten bemüht, unsichtbar zu werden, um sich nicht in den Streit zwischen den Brüdern hineinziehen zu lassen.

»Und Sie sind also wieder mit von der Partie, Menzel?«

Der Flottenoffizier nickte. Ray streckte die Hand aus und zwang sich zu einem Lächeln. »Schön, Sie wiederzusehen, Captain. Die Begrüßung tut mir leid. Sie hatten sich vermutlich etwas anderes erhofft.«

Menzel grinste. »Da ich schon des Öfteren mit Legionären zu tun hatte ... eigentlich nicht. Ich kenne euren Menschenschlag mittlerweile.«

Der Scherz löste sowohl bei Raymond wie auch Nathaniel ein kurzes, bellendes Lachen aus. Ray stieß einen tiefen Seufzer aus. »Schippern Sie eigentlich immer noch in dieser alten Schüssel durch die Gegend?«

Menzel hob eine Augenbraue. »Falls Sie mit *alter Schüssel* den Schlachtkreuzer LOTHRINGEN meinen, den Höhepunkt terranischer Technologie und ein Stern inmitten der Trostlosigkeit meiner Existenz ... dann nein. Den habe ich nicht mehr.«

Beide Legionsoffiziere stutzten. Menzel neigte den Kopf leicht zur Seite. »Meine Besatzung wurde ausgewählt, um sowohl Ihre Legionäre als auch die Präsidentschaftskandidaten auf ihrer Wahlkampftour von Planet zu Planet zu gondeln. Daher habe ich ein Upgrade erhalten. Wenn wir schon zu einer solchen Kreuzfahrt aufbrechen, dann standesgemäß.«

* * *

Elias Washington, Reserveoffizier der 114. Legion im Rang eines Majors, saß am Frühstückstisch und las die Zeitung, welche ihm automatisch jeden Morgen auf sein Pad eingespeist wurde. Ab und zu nahm er die Tasse vor sich auf und trank schlürfend einen Schluck Kaffee.

Seine Frau Maggie saß ihm gegenüber und aß. Oder besser gesagt, sie versuchte es. Man sollte meinen, dass sich ein Mensch nach fünfzehn Ehejahren an die Marotten des Partners gewöhnt haben sollte. Doch an das Schlürfen ihres Mannes, sobald er etwas trank, das würde sie nie abkönnen. Jedes Mal, wenn sie dieses unsägliche Geräusch hörte, lief es ihr eiskalt den Rücken hinunter.

Elias gab vor, es nicht zu bemerken. Tatsächlich genoss er es, sie jeden Tag aufs Neue ein klein wenig zu ärgern. Er schlürfte seinen Kaffee nämlich nicht aus Versehen, sondern mit voller Absicht. Und selbstverständlich war es ihm klar, dass sie das hasste.

Hätte man ihn direkt darauf angesprochen, der Major hätte es rundheraus abgestritten, aber insgeheim war er der Meinung, dass es ihre Ehe frisch und gesund hielt, wenn man sich in unregelmäßigen Abständen gegenseitig etwas piesackte. Nichts war so tödlich für eine Beziehung wie Stagnation.

In dem Artikel, den er gerade las, ging es um die bevorstehenden

Präsidentschaftswahlen und die anstehende Wahlkampftour, an der eine Menge wichtiger Leute teilnahm.

Elias gähnte herzhaft. Er hatte sich noch nicht entschieden, wem er seine Stimme geben wollte. Würde Ackland noch einmal antreten, so wäre die Wahl klar gewesen. Mason Ackland war vor allem bei Veteranen äußerst beliebt. Wie konnte man einem Mann seine Stimme verweigern, der die Republik durch den blutigsten Konflikt der Geschichte geführt und auch noch gewonnen hatte? Auf Soldaten machte das Eindruck.

Auf einmal wurde der Artikel unterbrochen und sein persönlicher digitaler Assistent meldete sich zu Wort. Der Butler, wie das Programm gemeinhin hieß, vermeldete das Eintreffen dreier Nachrichten und fragte, ob Elias wünsche, sie sofort zu lesen. Da der Butler über einen integrierten Virenscanner der neuesten Generation verfügte, bestätigte Elias die Frage mit einem kurzen Druck auf den entsprechenden Button.

Bei der ersten Nachricht handelte es sich um seine Reaktivierung in den aktiven Dienst sowie seinen Marschbefehl zum Planeten Chariga. Elias runzelte die Stirn. Das war äußerst ungewöhnlich. Seine Reaktivierung war nicht vorgesehen, es sei denn, es war wieder Krieg. Er hatte fünf Jahre Dienst abgeleistet. Und die ganze Zeit glücklicherweise im Frieden. Die Vorstellung, tatsächlich in den Krieg ziehen zu müssen, erfüllte ihn zwar nicht direkt mit Angst, aber auch nicht mit grenzenlosem Optimismus.

Er hatte die erste Nachricht noch nicht verarbeitet, da öffnete sich die zweite. Es handelte sich um ein Ticket auf einem zivilen Flug nach Chariga. Das wurde immer merkwürdiger. Nicht nur, dass man ihn wieder einberief, man hatte ihn auch noch auf einen Linienflug gebucht. Das war gelinde gesagt unüblich.

Dann öffnete sich die dritte Nachricht. Sie bestand aus lediglich einem Satz:

Erklimme den Berg des Schicksals.

Elias erstarrte für einen Moment. Dann löschte er die dritte Nachricht und speicherte die ersten beiden in seiner persönlichen Cloud ab. Elias Washington stand ohne ein Wort auf und begann damit, einen Koffer zu packen. Seine Frau wurde erst darauf aufmerksam, dass etwas nicht stimmte, als ihr Ehemann samt Gepäck die Treppe herabstapfte.

Sie stand verwirrt auf. »Wohin gehst du denn? Du musst zur Arbeit. Und was soll der Koffer?«

Elias lächelte beruhigend, stellte das Gepäckstück vor ihr ab, nahm sie in den Arm und küsste seine Frau auf die Stirn. »Ich muss für ein paar Tage verreisen«, erklärte er. »Mach dir keine Sorgen. Ich bin bald zurück.«

»Und wohin gehst du? Wie kann ich dich erreichen?«

»Tut mir leid, Schatz. Das kann ich dir nicht sagen.« Abermals lächelte er. »Aber alles wird gut. Versprochen!«

Es waren diese letzten Worte, die in ihr die Erkenntnis reifen ließen, dass irgendetwas nicht stimmte. Etwas ging vor sich, das sie nicht verstand – ja, nicht einmal verstehen konnte.

Elias ließ sich nicht aufhalten. Er nahm seinen Koffer wieder auf, ging zur Tür hinaus und schloss sie hinter sich, ohne seiner Frau noch einmal einen Blick zuzuwerfen oder ihr einen letzten Gruß zum Abschied zu gönnen.

Maggie stand einfach nur fassungslos im Raum und sah ihrem Mann hinterher, als könne sie ihn durch die geschlossene Tür weiterhin beobachten.

Sie sollte ihn nie wiedersehen.

4

Die Legionäre der Sturmkohorte Puma der 21. Legion marschierten über drei Rampen in den an der Raumstation über Vector Prime angedockten Kreuzer TRS MORGENSTERN. Man war übereingekommen, nicht die komplette Einundzwanzigste zu entsenden, sondern lediglich ihre beste und kampfstärkste Kohorte. Die aus insgesamt eintausendeinhundert Mann bestehende Truppe würde für den Schutz der Präsidentschaftskandidaten verantwortlich sein. Und nicht nur für die. Überraschenderweise hatte Präsident Ackland sich in letzter Sekunde doch noch dazu entschlossen, die Kandidaten auf die Reise zu begleiten.

Damit wurde die ganze Prozedur zu einem logistischen Albtraum sowohl für die Personenschützer als auch die Besatzung der MORGENSTERN. Außer dem Präsidenten musste nicht nur sein gesamter Stab auf dem Kreuzer untergebracht werden, sondern darüber hinaus eine Zenturie der 18. Gardelegion. Sie war eigens für den Schutz Acklands abgestellt worden. Auch Lieutenant General Finn Delgado war mit dabei, der den Präsidenten nicht verreisen lassen wollte, ohne selbst ein Auge auf diesen zu haben.

Nathaniel und Raymond Rogers sowie der Flottenoffizier Captain Georg Menzel beobachteten das Einschiffen der Truppen von einer Beobachtungslounge oberhalb der Zugangspunkte.

»Wird ganz schön eng werden«, meinte der Captain.

Nate widmete diesem nur mildes Interesse. Seine volle Aufmerksamkeit galten Disziplin und Ordnung der Soldaten. »Es wird schon gehen. Wir hatten es schon bedeutend unbequemer.«

»Davon bin ich überzeugt«, gab Menzel ein wenig beleidigt zurück. Das Desinteresse des Legionsbefehlshabers an einer gepflegten Konversation ärgerte ihn. Raymond entschied, für seinen Bruder in die Bresche zu springen.

»Ein schönes Schiff haben Sie da«, begann er das Gespräch. »Augustus-Klasse, nicht wahr?«

Menzel grinste schlagartig. In einem Punkt konnte man sicher sein: Jeder Offizier der Raumstreitkräfte sprach gern über sein Schiff.

»Fast«, gab Menzel zurück. »Der Schiffsaufbau beruht tatsächlich auf einem Schlachtkreuzer der Augustus-Klasse. Das ist aber nur oberflächlich der Fall. Das hier ist ein Schlachtkreuzer der Sentinel-Klasse, der Nachfolger des Claudius-Typs.«

Nate und Ray warfen Menzel gleichzeitig einen überraschten Blick zu. Nun war ihm tatsächlich die Aufmerksamkeit sicher, und zwar beider Offiziere.

Ray wandte sich dem Captain zur Gänze mit hinter dem Rücken verschränkten Händen zu. »Claudius? Sie meinen, wie die HECTOR?«

Menzel nickte nicht ohne Stolz. »Schiffe wie die HECTOR waren nie für die Massenproduktion gedacht. Es handelte sich um Prototypen, um die letzten Kinderkrankheiten auszumerzen. Daher wurden von der Claudius-Klasse während des Krieges auch nur ein halbes Dutzend Exemplare gefertigt.« Menzels Brust schwoll unwillkürlich an. »Die Sentinel-Klasse ist das Ergebnis.«

Nate deutete durch das Fenster. »Dann ist das da …?« Er ließ den Satz vielsagend ausklingen.

»Ganz recht«, bestätigte Menzel. »Ein Tarnkreuzer. Aufgrund der Oberflächenbeschichtung sowie seiner elektronischen Kriegsführung ist er für gegnerische Schiffe und Bodenstationen kaum auszumachen. Bis es zu spät ist. Außerdem verfügt die Sentinel-Klasse gegenüber ihren Vorgängern über weitreichende Verbesserungen. Viele Systeme wurden automatisiert, daher konnte mehr als ein Drittel der Besatzung eingespart werden. Der nun verfügbare Platz wurde für Quartiere für Bodentruppen genutzt und mit einem Hangar unter dem Schiff, in dem eine volle Staffel Mammoth-II-Jagdbomber nebst Bodenpersonal und Technikern untergebracht ist. Das bringt der Sentinel-Klasse mehr Flexibilität. Diese Schiffsklasse ist für den Dienst in den Sondereinsatzgeschwadern für verdeckte Operationen eingeplant. Per Sondererlass des Präsidenten wurde uns eines davon überlassen.« Menzel schnalzte mit der Zunge. »Die LOTHRINGEN wird mir natürlich fehlen, aber dieses Baby hier … das ist schon was.«

Bis zu diesem Augenblick war Ray nicht bewusst gewesen, wie hoch das Bedrohungspotenzial eingeschätzt wurde. Aber wenn man ein solches Schiff und dazu noch eine ganze Kohorte der besten verfügbaren Soldaten abstellte, die Wahlkämpfer zu schützen, dann war höchste Vorsicht geboten. Vielleicht würde dies doch nicht einfach nur eine Kreuzfahrt werden.

Die Tür der Lounge ging auf und der Sicherheitschef des Präsidenten trat ein. »Aaachtung!«, verkündete er mit tiefer Stimme. Jeder im Raum wandte sich schwungvoll der Tür zu und nahm Haltung an, die Hände wie vorgeschrieben an der Hosennaht.

Präsident Mason Ackland betrat den Raum. In seinem Gefolge befanden sich die üblichen Personenschützer der 18. Gardelegion in voller Rüstung sowie drei Zivilisten. Diese wurden von den Leibwächtern ebenso geschützt wie der Präsident selbst. Auch das war eher unüblich.

Als Letzter betrat Lieutenant General Finn Delgado den Raum. Auch der Oberbefehlshaber der Schattenlegionen trug keine Ausgehuniform, wie es der Dresscode des Militärs für offizielle Anlässe eigentlich vorsah. Der General schritt in voller, schwarz lackierter Rüstung durch die Tür, das obligatorische Katana seiner Waffengattung auf dem Rücken sowie eine Seitenwaffe im Holster an der Hüfte.

Der Präsident nickte den Offizieren lediglich kurz zu und widmete sich dann verschiedenen Würdenträgern, die entweder zusammengekommen waren, den Präsidenten zu verabschieden, oder die diesen auf die Reise begleiten würden.

Finn Delgado hingegen schritt selbstbewusst durch den Raum und gesellte sich zu den drei Männern. Lewis Stockwell, der Sicherheitschef des Präsidenten, blieb auffallend in der Ecke stehen und beobachtete die Vorgänge aus der Entfernung. Hin und wieder sprach der Mann in ein verstecktes Mikro in seinem Ärmel, um eine zu erwartende Lücke im Sicherheitsablauf rechtzeitig zu schließen.

Der Sicherheitschef trug Zivil, Raymond konnte jedoch die Beule unter der Achsel erkennen, wo Stockwell eine Waffe trug, deren Durchschlagskraft ausreichte, eine Rüstung problemlos zu durchdringen. Die Sicherheit des Präsidenten der Terranisch-Republikanischen Liga wurde zu keinem Zeitpunkt dem Zufall überlassen.

»Sind das unsere Schützlinge?«, wollte Nathaniel wissen.

Finn Delgado nickte. »Das sind sie. Wenig beeindruckend, wenn Sie mich fragen.«

Der Kommandant der 21. Legion reagierte auf die Bemerkung lediglich mit einer unbestimmten Kopfbewegung. »Was können Sie uns über die drei sagen?«, erwiderte er stattdessen.

Finn Delgado deutete auf den Ersten in der Reihe. »Kirill Romanov. Ehemaliger Offizier der 14. Gardelegion. Veteran des Nefraltiri-Krieges. Er war damals sogar mit uns jenseits des Risses. Aussichtsreichster Kandidat bei den Präsidentschaftswahlen.« Finn Delgado zeigte mit einer wortlosen Geste, was er von der Einstellung des Mannes hielt. »Er hat zusätzlichen Schutz bisher abgelehnt, aber Ackland bestand darauf. Romanov hatte keine andere Wahl, als sich zu fügen. Arroganter Kerl.«

Ray zog eine Augenbraue hoch. »Sie mögen ihn nicht?!«

Delgado verzog die Miene. »Was hat mich verraten?« Er lachte heiser. »Nein, im Ernst. Ich kann solche Typen nicht leiden, die denken, sie wären kugelsicher. Eine Bedrohung muss man ernst nehmen. Meine Leute schlagen nicht umsonst Alarm.«

»Was ist mit ihr?« Ray deutete auf die schlanke, brünette Frau, die sich selbstbewusst mit dem Bürgermeister von Cibola unterhielt.

»Adriana Bianchi. Eine eher farblose Gestalt. Noch verhältnismäßig jung für einen derartig verantwortungsvollen Posten. Sie ist gerade mal Anfang vierzig. In zehn oder zwanzig Jahren wäre sie vielleicht so weit.« Delgado schüttelte den Kopf. »Aber jetzt noch nicht.« Er kicherte. »Sie ist Pazifistin und würde das Militär am liebsten abschaffen oder wenigstens verkleinern.«

»Angesichts der Feinde, die wir immer noch haben, wäre das einfach nur dumm«, warf Nathaniel ein.

»Sagen Sie das nicht mir, sondern ihr«, erwiderte Delgado immer noch lächelnd. »Aber ansonsten ist sie eine angenehme Person. Sie hat sich aus der Administration von Vector Prime hochgearbeitet. Das ist an und für sich schon eine passable Leistung. Aber ich glaube nicht, dass jemand eine Chance auf den Posten des Präsidenten hat, der dem Militär kritisch gegenübersteht. Nicht angesichts unserer Vergangenheit. Die Menschen wollen Frieden, keine Frage, aber sie wollen ihn auch in Sicherheit genießen dürfen. Es kann keinen Frieden ohne Waffen geben. Das ist leider ein Fakt, den die Menschheit aus ihrer bewegten Vergangenheit gelernt hat.«

»Was ist mit dem Letzten im Bunde?«, mischte sich Menzel ein. Der Captain beäugte recht interessiert den dritten Kandidaten, der ein wenig desinteressiert hinter den anderen herschlich, sich aber bemerkenswert aufrecht hielt. »Irgendwoher kenne ich ihn.«

»Das sollten Sie auch«, bestätigte Delgado. »Das ist Steven Donelly.«

Der Captain der MORGENSTERN wandte sich mit hochgezogenen Augenbrauen dem Schattenlegionär zu. »Konteradmiral Steven Donelly?«

»Konteradmiral a. D. Steven Donelly«, versetzte Delgado. »Ja, in der Tat, das ist er.«

Raymond und Nathaniel runzelten beide die Stirn. »Muss man den kennen?«, fragte Ray.

Menzel bedachte den Major mit einem Blick, als hätte dieser gefragt, ob man Moses kennen müsste. »Ist das Ihr Ernst? Steven Donelly? Der Name sagt Ihnen nichts?« Sein Blick zuckte von Ray zu Nate und wieder zurück. »Keinem von Ihnen?«

Die beiden Brüder wechselten einen amüsierten Blick, bevor sie abermals dem Flottenoffizier einen auffordernden Blick zuwarfen. Dieser sah sich genötigt, deutlicher zu werden.

»Konteradmiral Steven Donelly«, erklärte er. »Der Sieger von Cassius III? Der Sieger des Deltarus-Asteroidenmassakers?« Sein Blick zuckte erneut zwischen den Legionsoffizieren hin und her. »Wirklich? Da klingelt immer noch nichts?« Menzel seufzte wie ein Lehrer, der sich genötigt sah, dieselbe Lektion seinen begriffsstutzigen Schülern ein weiteres Mal nahezubringen. »Der Mann ist ein Kriegsheld. Bei Cassius III schlug er eine dreifache Übermacht Hinrady-Jagdkreuzer zurück und sicherte das System lange genug, bis es evakuiert werden konnte. Im Deltarus-Asteroidenfeld metzelten die Hinrady ein Jahr später die Bevölkerung mehrerer Habitate nieder. Bis Donelly mit einer Entsatzstreitmacht eintraf und die komplette feindliche Flotte zur Vergeltung ausradierte. Und auch zu diesem Zeitpunkt war er zahlenmäßig weit unterlegen. Trotzdem hat er gesiegt.«

Nate lachte. »Meine Güte, da hat's aber schwer gefunkt.«

Ray grinste breit und nickte. »Dasselbe dachte ich auch gerade.« Und an den Captain gewandt, fuhr er fort. »Nehmen Sie sich doch ein Zimmer.«

Verärgerung zuckte für einen Moment über Menzels Gesicht, bis ihm klar wurde, dass die beiden ihn gerade auf den Arm nahmen. Zunächst kicherte er, dann brach der Mann in schallendes Gelächter aus. »Ja, ich weiß, ich klang gerade wie ein Fanboy, aber der Mann ist einfach ein Idol und eine Ikone der Raumflotte. Er hat mich über viele Jahre des Dienstes inspiriert. Nie hätte ich gehofft, ihm einmal so nahe kommen zu dürfen.«

Ein Diener, der ein Tablett mit Champagnergläsern auf einer Hand balancierte, eilte herbei und bot den vier Offizieren an, sich zu bedienen.

Die Versuchung auf das verheißungsvolle Blubberwasser war hoch, doch alle vier lehnten dankend ab und der Mann machte sich wieder davon. Sie waren alle im Dienst, was an und für sich kein Hinderungsgrund gewesen wäre, aber der Präsident befand sich wenige Schritte entfernt. Man musste sein Schicksal nicht herausfordern.

Die vier beobachteten die Vorgänge eine Weile, während das Einschiffen der Kohorte beinahe abgeschlossen und alle Rampen bis auf eine eingezogen wurden.

Menzel beugte sich für eine Sekunde vor, als er einer über sein Komgerät einkommenden Meldung lauschte. Der Captain richtete sich unwillkürlich wieder auf. »Meine XO sagt mir gerade, dass die MORGENSTERN abflugbereit ist. Wir können aufbrechen, sobald der Präsident sein Okay gibt.«

Delgado nickte. »Die offiziellen Zwänge neigen sich dem Ende entgegen«, erklärte er. »Ich denke, innerhalb der nächsten zwei Stunden können wir abfliegen.« Er wandte sich seinen Begleitern zu. »Meine Herren, das verspricht eine interessante Reise zu werden. Und mit etwas Glück eine verdammt langweilige.«

Raymond neigte leicht den Kopf zur Seite. »Das bleibt nur zu hoffen«, entgegnete er.

* * *

Sergeant Major Lester Sullivan zwängte sich, seinen Seesack über die Schulter geschwungen, durch das dichte Gedränge, das in den Korridoren der MORGENSTERN herrschte. Die Soldaten der Sturmkohorte Puma suchten noch ihre Quartiere. Für die nächsten Wochen würde der Schlachtkreuzer ihr Zuhause werden. Die Mitglieder seines Feuertrupps folgten ihm dichtauf und versuchten, nicht den Anschluss zu verlieren.

Irgendwo weiter vorne sah er Lieutenant Tammy, wie die Tochter des Kohortenkommandanten hinter vorgehaltener Hand inzwischen liebevoll genannt wurde. Sie arbeitete daran, allen Feuertrupps ihre Kojen zuzuweisen.

Lester nahm noch einmal den Marschbefehl zur Hand und überprüfte ein weiteres Mal die Bezeichnung von Deck, Sektion und Quartier, die darauf vermerkt waren.

Der Blick des Sergeant Majors hob sich und eine Augenbraue wanderte nach oben zum Haaransatz. Er schnitt eine Grimasse, als er sich seinen Leuten zuwandte. »Deck und Sektion sind schon mal richtig.«

»Toll«, maulte Dustin, seine Nummer zwei. »Jetzt brauchen wir nur noch unser Quartier. Ich will endlich meine Füße hochlegen.«

»Daraus wird wohl nichts. Wir teilen uns die Unterkunft mit einem Feuertrupp von der 2. Zenturie.« Lester war davon ebenso wenig begeistert wie seine Truppkameraden, aber es ließ sich nichts dagegen machen. Außerdem war vorhandener Platz ohnehin rar gesät.

Dustin grummelte etwas vor sich hin. Lester drehte sich um. »Wie war das eben, Corporal?«

»Bitte um Vergebung, Sarge«, gab Dustin übertrieben sarkastisch zurück. »Aber das ist doch alles gequirlte Kacke.«

»Seit wann jammert die Legion, wenn es zum Einsatz geht?« Lester setzte sich erneut in Bewegung und vertraute darauf, dass sein Trupp nicht den Anschluss verlor.

»Seit wir nicht in den Kampf ziehen, sondern dazu abkommandiert werden, ein paar verzogenen Politikern den Arsch abzuwischen.«

Dustins unverblümte Ausdrucksweise zauberte ein breites Grinsen auf Lesters Gesicht. Dessen Art, alles, was ihm gerade durch den Kopf schoss, einfach herauszuposaunen, war eine der Charaktereigenschaften, die er an seiner Nummer zwei so schätzte. Man wusste immer, wo man bei dem Mann dran war.

Lester betrachtete die Quartierbezeichnung, die am oberen Rand jeder Unterkunft vermerkt war. Bei 21-03 hielt er schlagartig an. Der Sergeant

Major verglich die Zahl noch ein letztes Mal mit dem Dokument in seiner Hand und nickte triumphierend. »Wir sind da, Leute.« Er öffnete die Tür und trat ein, die vier Legionäre seines Trupps dicht hinter ihm. »Und wir sind noch allein«, gab er unnötigerweise bekannt. »Unsere Zimmergenossen haben ihre Schlafstatt wohl noch nicht gefunden.«

Natascha betrat als Nächste die Unterkunft und rümpfte die Nase. »Hier riecht es nach alten Socken.«

»Wenn du dich beschweren willst, irgendwo da draußen steht Lieutenant Tammy.«

Natascha schüttelte den Kopf. »Neee, als ob das was bringen würde.«

Megan klopfte ihrer Freundin lachend auf die Schulter. »Wenn du den Geruch jetzt schon nicht besonders ansprechend findest, dann warte mal, bis Toshiro aus Langeweile anfängt, an sich rumzuspielen.«

Der angesprochene Legionär schenkte Megan einen giftigen Blick. »Hey, das war nur einmal.«

»Du meinst, wir haben dich nur einmal dabei erwischt«, frotzelte die Frau weiter.

Toshiro machte eine verkniffene Miene. »Du musst gerade reden. Ich hoffe, dass Dustin und du nicht vorhabt, hier eurem Lieblingshobby nachzugehen.«

Megan verstummte auf der Stelle. Sie wechselte mit dem Corporal zunächst einen verschämten Blick, der allerdings schnell umschwang in etwas, das man nur als ungehemmten Funkenflug bezeichnen konnte. Es war ein offenes Geheimnis innerhalb der Einheit, dass die beiden wie viele Mitglieder der Streitkräfte, insbesondere der am Boden kämpfenden Legionen, eine leidenschaftliche Affäre pflegten. Solche Dinge wurden nicht nur toleriert, sondern waren sogar erwünscht. Die Legionäre wurden allzu oft mit dem Tod konfrontiert. Sie mussten Dampf ablassen und hin und wieder spüren, dass sie immer noch am Leben waren.

Lester hob warnend den Finger. »Das lasst ihr schön bleiben. Schlimm genug, wenn wir Toshiros Fingerspiele ertragen müssen.«

Der Legionär stand kurz vor der Explosion. »Auch auf die Gefahr hin, mich zu wiederholen … das ist nur einmal passiert.«

Der gesamte Trupp brach in Gelächter aus. Lester hob warnend die Hand. Die Legionäre verstummten nach und nach. Der Sergeant Major beugte sich vor und legte die Hand flach auf die Wand. Er spürte ein kaum wahrnehmbares Vibrieren, das allerdings jeder zu interpretieren wusste, der sich öfters im All aufhielt.

»Wir starten«, verkündete er leise.

* * *

Captain Georg Menzel ließ sich schwer in seinen Kommandosessel fallen. Er legte die rechte Hand auf die transparente Fläche, die in seine Lehne eingelassen war. Das Hologramminterface wurde unmittelbar auf seine Netzhaut projiziert. Das war nur eine weitere Verbesserung dieser Schiffsklasse. Das alte taktische Hologramm hatte ausgedient. Menzel lächelte zufrieden. Seine XO gesellte sich zügig, aber ohne Eile an seine Seite.

»Navigator, bringen Sie uns raus.«

»Aye, Skipper!«, bestätigte der Offizier. »Zugangsröhren werden eingefahren, Dockklammern gelöst. Schiff legt ab.«

Auf seinem Hologramminterface öffnete sich ein Fenster mit einem Livefeed, der die MORGENSTERN durch eine der Außenkameras der Raumstation zeigte. Sie entfernte sich langsam mithilfe ihrer Manövrierdüsen von dem riesigen Gebilde, das Vector Prime umkreiste.

Sobald das Schiff den nötigen Sicherheitsabstand eingenommen hatte, zündeten die Haupttriebwerke und der Tarnkreuzer nahm Fahrt auf. Von achtern näherten sich zwei durch grüne Symbole gekennzeichnete Objekte und nahmen mit der MORGENSTERN eine Dreiecksformation ein.

Szymanski tippte etwas auf ihrem Pad herum, bevor sie den Kopf in Richtung ihres Kommandanten neigte. »Ehrenwache hat Eskortposition mit der MORGENSTERN bestätigt.«

Menzel nickte und holte die Neuankömmlinge auf sein Hologramm. Bei den Begleitern handelte es sich um die Kreuzer ATTILA und HANNIBAL, Tarnkreuzer des gleichen Typs wie die MORGENSTERN. Selbst wenn ein Angreifer so selbstbewusst gewesen wäre, den Präsidenten der Republik, der darüber hinaus auf einem Schlachtkreuzer reiste, anzugreifen, so musste er erst einmal herausfinden, auf welchem von drei baugleichen Schiffen sich dieser befand. Mal ganz davon abgesehen, dass er die Kreuzer zunächst finden musste. Auf zivilem Radar tauchten sie überhaupt nicht auf und auf militärischem nur mit viel Glück. Tiefe Zufriedenheit erfüllte den Captain der MORGENSTERN. Und drei kampfstarke Kreuzer boten für den Präsidenten mehr als genug Schutz. Jeder Feind, der sich ihnen näherte, würde ein solches Unterfangen schon sehr schnell zutiefst bedauern.

Die Tür der Brücke öffnete sich zischend. Menzel drehte seinen Kommandosessel um hundertachtzig Grad. Als er sah, welcher Gast soeben seine Kommandobrücke betreten hatte, stand er auf, nahm Haltung an und verkündete mit tiefer Stimme: »Aaachtung! Präsident an Deck!«

Die Männer und Frauen der Brückencrew wollten sich gerade erheben, als Ackland nur müde, doch mit einem Lächeln, abwinkte. »Weitermachen!«, ordnete er an. Die Anwesenden wandten sich wieder ihren jeweiligen Aufgaben zu, während Menzel dem Präsidenten sowie dem Mann, der ihn begleitete, entgegentrat. Er streckte freundlich die Hand aus. »Willkommen an Bord, Präsident Ackland!«

Das langjährige Staatsoberhaupt ergriff die dargebotene Geste mit festem Griff. »Ich danke Ihnen, Captain.« Er deutete auf den Mann hinter sich. »Sie kennen General Marsden, meinen Stabschef?«

Menzel schüttelte den Kopf und streckte auch dem General die Hand hin. »Das Vergnügen hatte ich leider noch nicht.«

Marsden lächelte auf zurückhaltende, aber offene Art, was ihn für Menzel sofort sympathisch machte. Als er die Hand des Schiffskommandanten ergriff und drückte, verrutschte das Lächeln Menzels allerdings zu einer schmerzhaften Grimasse. Marsden besaß einen Händedruck, als wolle er die Hand seines Gegenübers zerquetschen.

Als der General die Hand des Captains endlich losließ, widerstand dieser nur mit Mühe dem Drang, sie zu massieren.

»Falls ich etwas tun kann, um den Flug angenehmer zu gestalten, dann zögern Sie nicht zu fragen«, erklärte der Kommandant der MORGENSTERN den beiden Männern. »Der Flug nach Chariga wird etwa eine Woche dauern und bis dahin ...«

»Das ist genau der Punkt, weshalb ich mit Ihnen sprechen wollte. Die Pläne haben sich geändert.«

Menzel runzelte die Stirn. »Geändert? Inwiefern?«

»Wie fliegen nicht nach Chariga«, sagte Ackland. »Jedenfalls nicht sofort. Mein Sicherheitsteam hat sich dafür ausgesprochen, dass wir den

Zeitplan ändern und zunächst die Systeme Arkansas und Athale anfliegen. In dieser Reihenfolge. Chariga folgt als dritter Anlaufpunkt.«

Menzels Blick zuckte zwischen dem Präsidenten und seinem Stabschef hin und her. »Darf ich fragen, warum?«

Die Gestalt Marsdens versteifte sich. »Aus Sicherheitserwägungen.«

Menzel hob alarmiert den Kopf. »Falls es neue geheimdienstliche Erkenntnisse gibt, die für mich interessant wären, dann bitte ich, Sie mir jetzt mitzuteilen.«

Der General hob abwehrend beide Hände. »Nein, nein, nichts dergleichen. Wir waren nur einhellig der Meinung, dass es besser ist, den Zeitplan kurzfristig zu ändern, um es etwaigen Angreifern schwer zu machen, unsere Schritte vorherzusehen.«

Menzel war immer noch nicht von der Erklärung überzeugt. »Es gibt also keine akute Bedrohung für die MORGENSTERN oder unsere Eskorte?«

»Keine, von der wir wüssten«, versprach Ackland. »Das versichere ich Ihnen.«

Die Antwort war weit davon entfernt, ein klares Statement abzugeben. Und sie beruhigte Menzel keineswegs. Aber er kannte Politiker gut genug, um zu wissen, dass er heute keine unzweideutige Antwort bekommen würde. Daher setzte er ein nichtssagendes Lächeln auf und nickte artig, wie es von ihm erwartet wurde.

Menzel kehrte zu seinem Kommandosessel zurück und drehte diesen Richtung Frontfenster. »XO? Sie haben den Präsidenten gehört. Der Plan hat sich geändert. Setzen Sie einen neuen Kurs und informieren Sie die ATTILA sowie die HANNIBAL über die veränderte Sachlage.«

Die XO folgte eifrig der Anweisung. Als sie die Nachricht übermittelt hatte, nahmen alle drei Schiffe im Verbund Kurs auf die Systemgrenze. Die Tarnkreuzer beschleunigten beständig, um genügend Geschwindigkeit für den Sprung aufzubauen.

»Wann erreichen wir Sprunggeschwindigkeit?«, wollte Menzel wissen. Szymanski musste nicht einmal ihre Berechnungen einsehen, um eine Antwort geben zu können. »Siebzehn Stunden, Skipper. Der Sprung nach Arkansas dauert im Anschluss etwa drei Wochen.«

Menzel strich sich über das Kinn, während ihm die Worte des Präsidenten und seines Stabschefs immer wieder durch den Kopf gingen. Drei Wochen. Das war genug Zeit, um ein paar Kriegsübungen zu terminieren, damit seine Besatzung keinen Rost ansetzte. Man wusste schließlich nie, was einen am Ende eines Sprungs erwartete.

* * *

Major Elias Washington trug seine normale Alltagsuniform, als er auf dem Raumhafen von Cibola eine Fähre bestieg, die ihn zur Raumstation Argus brachte, ein ziviles Äquivalent der militärischen Station auf der anderen Seite des Planeten.

Der Flug dauerte nur knapp eine Stunde. Oben angekommen, hielt er sich wohlweislich fern von den zahlreichen Touristen, die die Einkaufspromenade sowie die Schnellrestaurants bevölkerten.

Er begab sich ohne Umschweife zur Andockbucht seines Fluges und zeigte das Ticket vor. Nach der erfolgten Abfertigung durch eine Mitarbeiterin, deren Lächeln nicht nur gekünstelt wirkte, sondern derart breit war, dass man meinen könnte, jemand hätte ihre Mundwinkel hinter ihren Ohren eingehängt, bestieg er seinen Personentransporter und konnte sich zum ersten Mal seit Tagen entspannen.

Elias ließ sich schwer in den auf seinen Namen reservierten Sitz fallen und schnallte sich fest. Das Schiff gehörte der – wie er es nannte – Ultraholzklasse an. Obwohl der Flug fast eine Woche dauerte, hatten die Passagiere keinen Anspruch auf ein Quartier, sondern lediglich auf einen Sitz. Auf diese Weise konnte man möglichst viele Menschen in einen einzigen Flug pferchen. Es gab insgesamt acht Toiletten für fast dreihundert Personen.

Elias seufzte. Das versprach ein anstrengender Flug zu werden. Der kleine Taschencomputer in der Innenseite seiner Uniformjacke begann aufgeregt zu piepen. Als er ihn hervorholte, wurde eine neue Nachricht angezeigt.

Elias rief sie sofort auf. Dort stand zu lesen:

> Änderung im Zeitplan. Morgenstern plus zwei fliegt erst Ziel B dann C an. Ziel A folgt als Letztes. Ankunft voraussichtlich erst in zwei Monaten. Missionsparameter entsprechend anpassen. Alternativplan tritt ab sofort in Kraft.

Elias löschte die Nachricht. Das war ja wirklich super. Die Präsidentschaftskandidaten flogen also erst nach Arkansas, dann nach Athale. Er hätte sich gar nicht dermaßen zu beeilen brauchen. Nichtsdestotrotz umfasste die Botschaft auch wichtige Informationen. Das Alternativteam wurde aktiviert. Gut möglich, dass sich sein Teil der Mission dadurch schon erledigt hatte. MORGENSTERN plus zwei. Das bedeutete, der Tarnkreuzer, der das Ziel beförderte, hatte zwei Eskortschiffe dabei.

Elias zuckte die Achseln. Für seinen Teil der Operation stellte das kein Problem dar, wohl aber vielleicht für andere beteiligte Kräfte. Aber das sollte ihn nicht kümmern.

Elias lehnte den Kopf zurück, bis dieser die Stütze im Nacken berührte. Er schloss die Augen und versuchte zu schlafen. Erholung war dringend nötig, bevor es losging. Elias bemühte sich, an nichts zu denken. Aber er fürchtete sich vor dem Schlaf. Immer wenn er die Augen schloss, wurde er heimgesucht von grausamen Albträumen. In diesen wurde er von schrecklichen Monstern verfolgt, vor denen es kaum ein Entkommen gab. Er würde erleichtert sein, sobald die ganze Sache über die Bühne gegangen war. Seit über fünf Jahren hatte er nicht mehr anständigen Schlaf finden können.

5

Lieutenant Tammy Rogers stand breitbeinig im Raum und beobachtete misstrauisch die Menge, die dem Rededuell der drei Präsidentschaftskandidaten angestrengt lauschte.

Keiner der für den Personenschutz eingeteilten Legionäre trug seine Rüstung. Dies war als zu auffällig und den Zivilisten gegenüber als zu provokant eingestuft worden. Stattdessen trugen sie eine Alltagsuniform und darunter einen kaum sichtbaren Körperpanzer, der aufgrund seiner Beschaffenheit in der Lage war, die Geschosse der meisten Infanteriewaffen abzuwehren.

Dies half natürlich nicht, falls jemand auf die Idee kam, ihr in den Kopf zu schießen. Der Gedanke verursachte leichtes Unwohlsein und sie verzog die Miene, als hätte sie auf etwas Bitteres gebissen.

Auf der Bühne fand gerade eine große Debatte statt. Um genau zu sein, ein Rededuell, das von Ackland als zukünftigem Ex-Präsidenten persönlich moderiert wurde. Der Mann hätte eigentlich unter der Last und der Ereignisse, durch die er die Republik gesteuert hatte, gebeugt sein müssen. Dennoch hielt er sich immer noch straff, aufrecht, unbeugsam. Tammy hatte den Mann nie gewählt. Und trotzdem verstand sie, wie er sich dermaßen lange am Ruder des Staatsschiffes hatte halten können.

Die drei Kandidaten trugen die Codebezeichnung Küken eins bis drei, Ackland Mutter Henne. Tammy lachte kurz in sich hinein. Zum wiederholten Male fragte sie sich, wer sich so etwas ausdachte.

Sie lächelte ein wenig wehmütig. Den Mann gehen zu sehen, war irgendwie schmerzhaft, aber andererseits ging alles mal vorüber und die Zukunft gehörte den jüngeren Generationen.

Das Rededuell wurde in den Raum der kompletten Republik ausgestrahlt. Jeder, der ein Holo-TV besaß, konnte die Debatte verfolgen, was eigentlich auf wirklich jeden zutraf. Hinter den drei Kandidaten befand sich eine große Leinwand. Die Zuschauer waren in der Lage, live abzustimmen und ihre Zustimmung zu einem einzelnen Kandidaten zu verkünden.

Donelly hatte momentan die Nase vorn, was eigentlich kein großes Wunder war. Kriegshelden kamen immer hervorragend an. Und gut zwei Drittel der heutigen Bevölkerung hatten den Krieg mitgemacht. Sie erinnerten sich noch viel zu lebhaft an die Ereignisse, die beinahe zum Untergang der Menschheit geführt hatten.

Adriana Bianchi hielt sich verblüffend gut. Sie stand derzeit auf Platz zwei des Wählerrankings. Kirill Romanov bildete das Schlusslicht. Tammy zuckte die Achseln. Das hieß alles noch gar nichts. Arkansas war nur der erste Halt von fast einem Dutzend geplanter Anlaufstellen. Auf allen fand ein Duell zwischen den Kontrahenten statt. In dieser Zeitspanne konnte sich noch viel ändern. Abgerechnet wurde immer zum Schluss.

Tammy runzelte die Stirn. Ein Mann mit einer Kamera arbeitete sich durch die Reihen der Zuschauer nach vorn. Er trug ein Schild auf der linken Brustseite, das ihn als Mitglied der Presse auswies.

Der weibliche Lieutenant konnte gar nicht genau sagen, was ihr Misstrauen erregte. Der Mann verhielt sich keineswegs merkwürdig. Sie neigte leicht den Kopf zur Seite. Dann hatte sie es: Es war sein Blick. Der vermeintliche Reporter hielt die Augen starr auf die Tribüne gerichtet und bewegte sich wie fixiert durch die Menschenmenge nach vorn. Auch schoss er kaum Fotos, was ihn besonders verdächtig machte.

Tammy hob den Arm und sprach in das versteckte Mikro an ihrem Handgelenk. »Mögliches Ziel. Mann in der fünften Reihe auf meiner Zwölf-Uhr-Position, bewegt sich jetzt weiter nach vorne. Grauer Anzug, Halbglatze.«

»Gesehen«, erwiderte Sergeant Major Lester Sullivan. Die Mitglieder von Feuertrupp *Echo der Verdammnis* bewegten sich zielstrebig auf den Reporter zu. Das fünfköpfige Team teilte sich auf und kreiste den Mann ohne Aufsehen ein. Ein Feuertrupp der Reserve sprang für *Echo der Verdammnis* ein und übernahm deren Positionen ohne Verzögerung. Sullivan sprach einige Worte mit dem Reporter, der sich über die Behandlung echauffierte. Es half ihm jedoch nichts. Sullivan und seine Leute eskortierten den immer noch zeternden Mann diskret nach draußen.

Tammy atmete erleichtert auf und widmete sich der Begutachtung der immer noch dem Duell lauschenden Menschen. Eine Bedrohung neutralisiert, noch gut tausend potenzielle übrig. Sie seufzte tief. Das versprach ein verdammt langer Tag zu werden.

* * *

Lester behielt den Mann ständig im Auge. Dustin sowie Megan flankierten diesen, Toshiro und Natascha gingen voraus. Erst im Foyer des Kongresszentrums hielten sie an.

Sullivan sah sich aufmerksam um. Sie hatten eine ruhige Nische gefunden, in der man ihrem Gegenüber ein paar Fragen stellen konnte.

Lester warf einen Blick auf das Namensschild seines Gesprächspartners. »Mister Legrand, dürfte ich Ihre ID-Karte mal sehen?«

»Das ist ungeheuerlich!«, erwiderte der Reporter. »Wie können Sie es wagen, einen republikanischen Bürger auf eine solche Weise zu behandeln?«

»Ihre ID-Karte«, beharrte Lester. »So-fort!«, betonte er, indem er die beiden Silben auseinanderzog.

Der Reporter schnaufte, als hätte er einen Blasebalg verschluckt. »Davon wird Ihr Vorgesetzter erfahren, das kann ich Ihnen versprechen!« Legrand kramte aus der Innenseite des Jacketts seine persönliche ID-Karte heraus. Mit deutlichem Widerwillen übergab er sie dem Legionär, der sie ausgiebig studierte.

»Sie kommen also von Tahig.« Der Blick des Unteroffiziers suchte den seines Gegenübers. Lester forschte nach allem, was ungewöhnlich war, allem, was das aufgekommene Misstrauen entweder zerstreuen oder betätigen würde. Und es gab immer etwas, das einen Lügner verriet. Immer.

»Ich arbeite für das dortige Informationsnetzwerk als freier Mitarbeiter.«

»Tatsächlich?«

»Ja, tatsächlich.«

»Ich finde, Sie sind ziemlich weit weg von zu Hause.«

»Die Präsidentschaftswahl ist ein Ereignis, das die ganze Republik angeht. Ich kann mir beim besten Willen nicht vorstellen, dass ich der einzige Reporter bin, der von einem abgelegenen Planeten anreist.«

Damit hatte Legrand natürlich vollkommen recht. Und dennoch ...

irgendetwas stimmte mit dem Mann nicht. Er wirkte irgendwie ... viel zu glatt. Lester konnte sein Misstrauen nicht an einem bestimmten Punkt festmachen. Und doch war er der festen Überzeugung, dass von diesem Kerl eine Bedrohung ausging. Gut möglich, dass er sich irrte und dem Journalisten unrecht tat. Aber es war besser, kein Risiko einzugehen. Er zog es jederzeit vor, zwanzig Unschuldige vor die Tür zu werfen, als auch nur einen potenziellen Attentäter in die Nähe seiner Schützlinge zu lassen.

Er gab die ID-Karte ihrem Besitzer zurück. »Es tut mir leid, Mister Legrand, aber diese Veranstaltung endet hiermit für Sie.« Er winkte zwei Mitglieder der örtlichen Polizei herbei. »Diese Männer führen Sie jetzt vom Gelände. Für die Dauer der Debatte sowie einen Tag danach wird Ihnen der Zugang verwehrt.«

»Das ist ein Skandal!«, begehrte Legrand auf. »Dieser Verstoß gegen die Pressefreiheit wird nicht ohne Reaktion bleiben, das versichere ich Ihnen!«

»Ganz wie Sie meinen«, entgegnete Lester gelassen und bedeutete den Polizisten, ihn mitzunehmen. »Trotzdem einen schönen Abend noch!« Die zwei Beamten nahmen Legrand in die Mitte und brachten diesen trotz allen Widerspruchs vor die Tür.

Lester sah dem Trio hinterher. Nein, irgendetwas stimmte mit dem Kerl wirklich nicht. Wenn er nur den Finger in die Wunde legen könnte. Hätte er einen definitiven Vorwurf gegen Legrand vorbringen können, der Journalist wäre jetzt auf dem Weg in eine Zelle und nicht nur an die frische Luft.

Lester wartete, bis sich die Tür hinter Legrand schloss. Mit einem Kopfnicken bedeutete er seinem Team, ihm zurück in den Saal zu folgen. Es hatte keinen Sinn, sich um etwas Gedanken zu machen, das man nicht ändern konnte. Legrand war nicht in die Nähe der Kandidaten gekommen und das würde er auch nicht mehr. Das reichte Lester vollkommen.

* * *

Jean-Pierre Legrand riss sich wutentbrannt aus dem Griff der zwei Polizisten los, als diese ihn kurzerhand vor die Tür setzten. Er fauchte ihnen noch einige Bemerkungen hinterher, die von den Beamten lediglich mit nachsichtigem Lächeln quittiert wurden. Die Tür schloss sich wieder und schnitt den Reporter von den Vorgängen im Inneren unwiderruflich ab.

Legrand stapfte die Stufen hinab. Mit jedem Schritt, der ihn von dem Kongresszentrum entfernte, änderte sich seine Körpersprache. Sie wurde ruckartig, beinahe wie bei einem Roboter. Gemäß den Anweisungen für einen solchen Fall begab er sich zu einem Rendezvouspunkt, an dem er seine Kontaktperson treffen sollte.

Es handelte sich um eine schmale, kaum einsehbare Seitengasse, in die sich die wenigsten absichtlich verirrten. Der perfekte Ort für ein konspiratives Treffen – doch es kam niemand.

Stattdessen knackte es in seinem linken Ohr, als das Komgerät eine Verbindung etablierte. »Was ist passiert?«, wollte eine herrische Stimme wissen.

Legrand senkte den Kopf, damit keiner der Passanten bemerkte, dass er im Prinzip mit sich selbst sprach. »Das Sicherheitsteam war zu gut. Sie haben mich abgefangen und rausgeschmissen.«

Schweigen antwortete ihm zunächst. »Das ist in der Tat bedauerlich«, sagte die gesichtslose Stimme schließlich. »Dann müssen wir wohl aggressiver vorgehen.«

»Was geschieht als Nächstes?«, wollte Legrand wissen.

»Das braucht Sie nicht zu kümmern. Sie sind auf dem Raster der Sicherheit aufgetaucht. Ab jetzt haben Sie keine Chance mehr, an das Ziel heranzukommen.« Die Stimme klang tatsächlich bedauernd. »Sie haben Ihre Nützlichkeit überlebt.«

Der Reporter erstarrte. Das Komgerät sandte einen hochenergetischen Schallimpuls durch Legrands Hörnerv bis ins Gehirn. Irgendwo nicht weit entfernt begannen daraufhin ein paar Hunde schmerzerfüllt zu bellen. Der Mann riss den Mund in stummer Qual auf, kein Laut drang hervor. Er war nicht einmal mehr in der Lage zu schreien.

Legrand stürzte zu Boden, ein dünner Blutfaden rann aus den Ohren und beiden Nasenlöchern. Das Komgerät hatte sich bei dem Vorgang vollständig aufgelöst und hinterließ keine Spuren.

Es dauerte fast eine Woche, bis die Leiche gefunden wurde. Zu diesem Zeitpunkt hatte die MORGENSTERN das System längst verlassen. Der zuständige Pathologe stellte als natürliche Todesursache einen Schlaganfall fest und die Akte wurde damit geschlossen.

6

Der Flug von Arkansas nach Athale dauerte ungefähr sechs Wochen. Eine quälend lange Zeitspanne, wenn man im Rumpf eines Kriegsschiffes eingepfercht war.

Die Legionäre der Sturmkohorte Puma verbrachten ihre Freizeit mit dem, was Soldaten in Zeiten großer Langeweile eben so taten: schlafen, Karten spielen, trainieren oder Sex.

Lester drückte sich selbst das Kissen ins Gesicht, in der Hoffnung, die Geräusche der quietschenden Pritsche über ihm werde damit ausgeblendet oder wenigstens ein wenig gedämpft. Dem war leider nicht so. Megan und Dustin hatten erwartungsgemäß ihr Versprechen gebrochen und tanzten den Horizontaltango. Entweder sehr zum Verdruss oder zum Vergnügen aller anderen Legionäre, die sich mit den beiden das Quartier teilten. Die zwei schien es nicht zu stören, dass sie bei ihrem Liebesspiel Zuschauer hatten. Anscheinend machte es sie sogar noch heißer.

Lester verdrehte genervt die Augen. Dem Keuchen nach zu urteilen, lag Dustin momentan oben. Das würde aber vermutlich nicht lange so bleiben. Die beiden änderten alle paar Minuten die Position. Und noch während sich dieser Gedanke formierte, fragte sich der Sergeant Major, warum ihm das gerade wichtig genug erschienen war, um darüber nachzudenken.

Die Bordsprechanlage wurde aktiviert und die Stimme der XO hallte blechern durch sämtliche Quartiere und die Korridore der MORGENSTERN.

»An die gesamte Besatzung. Wir haben gerade die äußere Grenze des Athale-Systems erreicht. In weniger als drei Stunden nehmen wir unsere Parkposition im Orbit des siebten Planeten ein. Die Legionäre legen ihre Rüstung an und dienen als Ehrengarde, sobald unsere Gäste das Schiff verlassen wollen. Ich wiederhole: volle Rüstung und Bewaffnung für alle Legionäre zwingend vorgeschrieben. Das wäre alles.«

Der Lautsprecher verstummte.

»Gott sei Dank!«, hauchte Lester. »Das hätte ich nicht noch ein paar Tage lang ausgehalten.« Er klopfte mit dem Fuß gegen die Pritsche über sich, die immer noch in verdächtig rhythmischem Tempo quietschte. »Hey, habt ihr das eben nicht gehört? Wir müssen uns fertig machen. Volle Rüstung für alle.« Er runzelte die Stirn. »Und macht ihr eigentlich auch mal eine Pause?«

Zunächst erfolgte keine Antwort. Dann kicherten Dustin und Megan gleichzeitig, was sich ziemlich schräg anhörte, angesichts ihrer vor Anstrengung matten Stimmen. Und als wäre das noch nicht genug, steigerte sich der Rhythmus der beiden, wobei sie die Anweisung ihres Sergeant Majors geflissentlich ignorierten.

Lester drückte sich das Kissen abermals vors Gesicht und stieß einen spitzen Schrei aus. »Das darf doch nicht wahr sein!«

* * *

Die MORGENSTERN verfügte über fünf kleine Beiboothangars: zwei backbord, zwei steuerbord und der letzte achtern. In jedem davon sammelte sich eine Zenturie zum Absetzen auf dem Planeten.

Tammy und ihre Einheit waren als Teil der Kommandozenturie von Sturmkohorte Puma für Hangar A vorne steuerbord vorgesehen. Die für die einzelnen Trupps verantwortlichen Offiziere und Unteroffiziere warteten in Habachtstellung, bis alle eingetroffen waren und sich eingereiht hatten. *Echo der Verdammnis* traf als letzter Feuertrupp der Kommandozenturie ein.

Tammy warf dem Sergeant Major einen vernichtenden Blick zu und schüttelte andeutungsweise den Kopf. Dieser zuckte leicht mit den Achseln. Sie nahm sich vor, bei nächster Gelegenheit ein ernstes Wörtchen mit dem Mann zu reden. Als sie aufsah, bemerkte Tammy, wie ihr Onkel Nathaniel und ihr Vater Raymond ihrerseits ihr einen tadelnden Blick zuwarfen. Sie war für diese Legionäre verantwortlich. Fehler wurden immer den befehlshabenden Offizieren zur Last gelegt. Und es scherte keinen, aus welchem Grund der Trupp zu spät zum Appell erschienen war. Sie machte eine verkniffene Miene. Ja, es war dringend notwendig, über diesen Punkt mit Sullivan zu reden.

Eine Tür öffnete sich und Mason Ackland, sein Sicherheitschef, General Marsden in der Funktion als Stabschef sowie die drei Präsidentschaftskandidaten erschienen auf der Bildfläche.

Ackland sprach den Befehlshaber der 21. Legion an. Worte wurden gewechselt und der Noch-Präsident betrat eines der Shuttles, gefolgt von seinem Anhang.

Das kleine Vehikel hob ab. Erst im Anschluss wurden die zweihundertzwanzig Legionäre der Befehlszenturie auf fünf Landefähren verteilt und diese starteten ebenfalls Richtung Athale. Der Flug zur Oberfläche dauerte knapp eine halbe Stunde. In dieser Zeit wurde nicht gesprochen, noch nicht einmal über das Komgerät. Die Fähren verfügten über keine Sitzplätze. Die Soldaten hatten ihre Arme an einer der Deckenstreben eingerastet, um auch bei Turbulenzen an Ort und Stelle gehalten zu werden.

Die Fähre, in der sich Feuertrupp *Echo der Verdammnis* befand, setzte kurz nach dem Shuttle des Präsidenten auf. Als die ersten Legionäre die Rampe herabmarschierten, hielt Ackland bereits seine Eröffnungsrede. Lester achtete nicht auf die Worte. Es war dieselbe, die der Mann auf Arkansas gehalten hatte und die er vermutlich auf jedem Planeten der Wahlkampftour halten würde.

Die drei Kandidaten warteten hinter ihm und scharrten bereits mit den Füßen. Metaphorisch gesprochen und auch buchstäblich, sie konnten es kaum abwarten, sich ins Getümmel zu stürzen und bei den Wählern Punkte zu sammeln.

Die vier folgenden Fähren setzten auf, jede einzelne öffnete die Luken und entließ ihre menschliche Fracht ins Freie. Nach und nach formierte sich die komplette Kohorte auf dem Podium. Es war ein beeindruckender Anblick, mehr als tausend gepanzerte Soldaten Aufstellung nehmen zu sehen.

In Lesters Ohren knackte es, als jemand Verbindung zu ihm aufnahm. »Sergeant Major, Ihr Trupp übernimmt die Sicherung am Fuß des Podiums«, drang Lieutenant Tammys gedämpfte Stimme aus dem Komgerät.

»Verstanden, Ma'am«, erwiderte der Unteroffizier. Er schaltete anschließend auf die allgemeine Truppfrequenz. »Mir nach, Leute. Es werden wieder mal ein paar Babysitter benötigt.«

Die nur halb im Spaß gemeinte Bemerkung wurde von seinen Leuten mit mildem Interesse aufgenommen. Der Trupp setzte sich in Bewegung und postierte sich unterhalb des Podiums zwischen den Kandidaten und der Menschenmenge. Andere Trupps lösten sich ebenfalls aus der Formation und nahmen ähnliche Positionen ein.

Lester beobachtete angespannt die Menschen vor ihm. Er ließ langsam den Blick von links nach rechts schweifen und wieder zurück. Gleichzeitig schaltete er den Bordcomputer seiner Rüstung auf selbstständige Überwachung. Er würde über jede Bedrohungslage, die ihm selbst entging, nun augenblicklich informiert werden.

Währenddessen schwangen erst Ackland, dann die Kandidaten ihre Reden. Lester achtete gar nicht darauf. Tatsächlich blendete er die gesprochenen Worte einfach aus. Sie lenkten ihn von seiner Aufgabe ab.

Nach einigen Stunden kam das Blabla der Politiker langsam zu einem Ende. Lester registrierte es mit einigermaßen tiefer Erleichterung. Die Situation gefiel ihm gar nicht. Sie waren hier viel zu exponiert. Zwar schien es unrealistisch, dass jemand einen Anschlag durchführen würde, angesichts von tausendeinhundert gepanzerten und gut trainierten Legionären, aber man wusste ja nie. Verrückte gab es immer.

Ackland trat erneut ans Mikrofon, um seine Abschlussrede zu halten. Anschließend ging es wieder zurück auf die MORGENSTERN und morgen würde das Rededuell abgehalten.

Der Präsident hatte mit der Ansprache kaum begonnen, als sich Lesters HUD plötzlich zu Wort meldete. Der Innenraum seiner Rüstung glänzte unvermittelt in tiefem Rot, während ein durchdringender Ton um seine Aufmerksamkeit buhlte. Gleichzeitig prangte ein blinkender Schriftzug quer vor den Augen des Sergeant Majors:

Bedrohung entdeckt!

Das HUD vergrößerte einen Teil seines Sichtfelds selbstständig. Auf einem Dach außerhalb des abgesperrten Bereichs war ein Mann zu sehen, der ein Präzisionsgewehr in Anschlag brachte. Der Bordcomputer errechnete eine Entfernung von fast anderthalb Kilometern.

»Waffe!«, brüllte Lester und setzte sich auch schon in Bewegung. Seine Warnung brachte verschiedene Abläufe in Gang. Die Gardelegionäre, die den Personenschutz des Präsidenten stellten, brachten sich zwischen die Bedrohung und das Staatsoberhaupt in Position. Marsden jedoch war näher dran, sprintete los und riss Ackland zu Boden.

Gleichzeitig arbeiteten sich Lester und mehrere Trupps auf den Ausgangspunkt der Bedrohung zu, während örtliche Polizisten sich eilig bemühten, ihnen den Weg freizuräumen. Die im Hintergrund agierende Kohorte löste sich auf und übernahm die Nahbereichssicherung der gefährdeten Personen. Mit einem Mal stand eine Wand aus lebendig gewordenem Stahl zwischen dem Schützen und dem Podium. Und dennoch wusste Lester mit absoluter Klarheit, dass es nicht reichen würde.

Der Attentäter hatte sich eine gute Stellung ausgesucht, weit oberhalb des Schutzperimeters. Damit besaß er den nötigen Höhenvorteil, um die Personenschützer möglicherweise auszumanövrieren.

Zwei zu Hilfe gerufene Gefechtstaxis, die den Himmel patrouillierten, zogen über ihn hinweg. Die Bordschützen nahmen den Attentäter aufs Korn.

Lesters HUD gab erneut eine Meldung ab:

Schuss geortet!

Der Sergeant Major presste die Wangenmuskeln derart fest aufeinander, dass es wehtat. Kaum zwei Sekunden später erfolgte die nächste Meldung über Funk: »Marsden ist getroffen«, schrie einer der Legionäre. »General Marsden ist verwundet.«

Als dem Personenschutz klar wurde, dass es nichts gebracht hatte, sich einfach nur in den Weg des Angreifers zu stellen, reagierten sie, wie man es Soldaten während der Ausbildung beibrachte: mit Unterdrückungsfeuer.

Die Bordschützen der Gefechtstaxis schossen kurze, präzise Salven auf den Standort des Attentäters. Zwei Feuertrupps auf dem Podium gaben gezieltes Salvenfeuer in Richtung des Daches ab, auf dem sich der unbekannte Schütze verbarg. Trotz des erheblichen Drucks, unter dem er stand, gelang es dem Attentäter noch, zwei weitere Schüsse abzugeben, bevor die Antwort der Legionäre ihn in Deckung zwang. Beide Geschosse richteten keinen Schaden an. Zumindest gab es keine weitere Meldung über Opfer.

Lesters Feuertrupp erreichte das Gebäude als Erster. »Megan, Toshiro, über das Treppenhaus! Alle anderen: mir nach!«

Die beiden angesprochenen Legionäre zögerten keine Sekunde, sondern begaben sich ins Innere des Gebäudes. Lester führte die übrigen zwei seiner Kameraden zur Fassade.

Sie schwangen sich die Gewehre auf den Rücken und trieben ihre mechanischen Handschuhe tief in die Gebäudewand. Auf diese Weise erkletterten sie mühelos die Hauswand.

Es dauerte nur wenige Sekunden, bis sie oben ankamen. Lester ließ den Blick über das Dach wandern. Das Präzisionsgewehr lag noch an Ort und Stelle. Der Attentäter hatte es zurückgelassen. Megan und Toshiro stürmten aus der Tür. Lester verlangte mit einem knappen Wink seines Helms wortlos einen Bericht von den zweien. Toshiro schüttelte lediglich den Kopf. Der Attentäter war ihnen nicht begegnet. Er musste hier noch irgendwo sein.

Die Legionäre holten ihre Gewehre aus der Halterung am Rücken und schwärmten aus. Es war höchste Vorsicht geboten. Niemand konnte wissen, über welche Waffen der Attentäter verfügte. Eines hatte Lester über den Mann bereits gelernt: Er war hoch motiviert, risikofreudig und konnte mit militärischer Hardware umgehen. Derartige Präzisionsgewehre waren der Allgemeinheit nicht zugänglich. Einen militärischen Hintergrund konnte man bei dem Attentäter zum jetzigen Zeitpunkt keineswegs ausschließen. Vielleicht handelte es sich sogar um einen ehemaligen Legionär beziehungsweise einen im aktiven Dienst.

Die Legionäre durchsuchten das Dach zügig, aber diszipliniert, wobei sie ihre eigene Sicherheit nie aus den Augen verloren. Sie kreisten ihre Beute langsam ein – bis sie ihr schlussendlich Auge in Auge gegenüberstanden.

Der Mann war überraschend jung, vielleicht Ende zwanzig. Er trug einen blauen Overall, hatte sich vermutlich als Handwerker Zugang zum Gebäude verschafft. Niemand verdächtigte einen Handwerker. Er trug eine Nadelpistole in den Händen. Lester warf der Waffe einen interessierten Blick zu. Auch diese war militärischen Ursprungs und wurde oft von Offizieren als Seitenwaffe verwendet. Sie war in der Lage, die Rüstung eines Legionärs zu durchstoßen. Vielleicht nicht mit dem ersten Treffer, aber mit dem dritten oder vierten bestimmt. Sie mussten dafür Sorge tragen, dass es gar nicht erst so weit kam.

Fünf Nadelgewehre kamen hoch, richteten sich auf Herz und Kopf des Attentäters. Nun, da er sich seinen Häschern gegenübersah, wirkte der Kerl weit weniger entschlossen. Er erinnerte Lester sogar eher an ein Reh im Scheinwerferlicht. Dicke Schweißtropfen rannen ihm über das Gesicht und tropften von seinem Kinn.

»Die Waffe auf den Boden!«, befahl Lester mit fester Stimme. »Sofort!«

Der Attentäter reagierte nicht. Sein Blick zuckte hektisch von einer Seite zur anderen auf der verzweifelten Suche nach einer Fluchtmöglichkeit. Es gab keine. Der Mann saß in der Falle. Diese Erkenntnis reifte unendlich langsam in dessen Verstand und sickerte in sein Bewusstsein. Lester konnte es deutlich in den Augen des Attentäters sehen. Eines der Gefechtstaxis bezog unmittelbar über den Legionären Position. Es wirbelte eine Menge Staub auf. Seine Anwesenheit war eigentlich nicht länger nötig, aber besser, sie blieben vorsichtig.

»Die Waffe – auf – den – Boden!«, wiederholte er und trat einen Schritt näher.

Damit gewann er die volle Aufmerksamkeit seines Gegenübers. Dieser begann nun unkontrolliert zu zittern. Die Angst stand ihm deutlich ins Gesicht geschrieben. Es war ein seltsamer Anblick. Der junge Mann wirkte so ganz und gar nicht wie ein kaltblütiger Mörder, dessen eigenes Überleben ihm gleichgültig war.

Die Waffe in seiner Hand hob sich ein Stück. Lester war auf der Stelle alarmiert. »Lass es, mein Freund.« Er schüttelte den Kopf. »Es ist vorbei. Niemand muss hier und heute sterben.«

Der Attentäter schluckte. Er sah nach unten, schien die Waffe in seiner Hand erst jetzt bewusst wahrzunehmen. Der Blick des Mannes kam wieder hoch. Er fixierte den Sergeant Major. Lester runzelte die Stirn. Irgendetwas ging im Kopf des Attentäters vor sich. Etwas Unheilvolles.

»Ja«, sprach der gedungene Mörder ihn erstmals direkt an. »Es ist vorbei.« Die Waffe hob sich erneut ein Stück.

»Lass es sein«, wiederholte Lester drängend. »So muss es nicht enden.«

Der Attentäter begann zu schluchzen. »Es … es tut mir leid. Sie haben mich dazu gezwungen.«

Lester merkte auf. »Wer? Wer hat dich dazu gezwungen?«

Der Attentäter machte zunächst den Eindruck, auf die Frage antworten zu wollen, stattdessen hob er die Waffe und schoss sich selbst in den Kopf.

* * *

In der Aussichtslounge der MORGENSTERN herrschte bedrücktes Schweigen. Der kleine aus drei Schiffen bestehende Verband war mittlerweile aus dem Orbit ausgeschert und baute momentan Sprunggeschwindigkeit auf. Wenn alles nach Plan verlief, würden sie das System in gut zweieinhalb Stunden verlassen können.

Angesichts der Ereignisse war darauf verzichtet worden, auf Athale ein Rededuell abzuhalten. Präsident Mason Ackland, sein Sicherheitschef Stockwell, Lieutenant Colonel Nate Rogers und sein Bruder Raymond hingen ihren eigenen Gedanken nach, als Tammy, ohne auf eine Aufforderung zu warten, den Raum betrat.

Alle Augen richteten sich auf sie. Sie nickte jedem der Anwesenden zu. »Marsden wird es überleben. Er hat lediglich eine Fleischwunde erlitten.«

Kollektives Erleichterungsseufzen war zu hören. Tammy trat näher und nahm eine lockere Haltung ein, während sie ein Pad abwartend in den Händen hielt.

»Was ist mit unseren Gästen?«, wollte Ackland wissen.

»Sind alle mit dem Schrecken davongekommen«, erwiderte der weibliche Lieutenant. »Donelly und Romanov ruhen sich gerade in ihren Quartieren aus. Bianchi zieht durch das ganze Schiff und erzählt jedem, der es hören will – oder auch nicht –, dass solche Vorfälle ein Grund für schärfere Waffengesetze sind.«

Nathaniel Rogers nippte an dem Drink in seinen Händen. »Die Frau verliert keine Zeit.«

Ackland zuckte die Achseln. »Sie ist Politikerin. Was erwarten Sie? Die beiden anderen werden mit Bestimmtheit dagegenhalten, sobald ihnen zu Ohren kommt, dass Bianchi den Vorfall bereits für sich ausnutzt.«

»Ich bezweifle, dass schärfere Waffengesetze etwas bewirkt hätten«, mischte sich Tammy ein. Damit sicherte sie sich die Aufmerksamkeit aller.

»Sprechen Sie weiter«, forderte der Präsident sie auf.

»Der Attentäter benutzte ausschließlich militärische Ausrüstung. Waffen, die der Allgemeinheit gar nicht zugänglich sind. Noch nicht einmal über den Schwarzmarkt. Das spricht für illegale Kanäle innerhalb des Militärs, die ihm Zugriff auf derlei hochwertige Materialien verschafft haben.«

Tammy nahm einige Einstellungen vor und übertrug Daten auf den großen Bildschirm, der eine ganze Seite des Raumes einnahm. Ein recht sympathisches Gesicht wurde eingeblendet.

»Ist er das?«, wollte ihr Vater Raymond wissen.

Tammy nickte, ohne etwas zu sagen. Sie überließ es den Anwesenden, zuerst ihre eigenen Schlüsse zu ziehen.

Ackland sprach als Erster aus, was sie hier vor sich hatten. Er wandte sich mit hochgezogenen Augenbrauen dem Lieutenant zu. »Das ist eine Militärakte.«

Tammy nickte und stellte sich demonstrativ neben den Bildschirm. »Der Mann war Legionär«, erläuterte sie. »Lieutenant Robert Brunner, Reserveoffizier bei der 98. Legion, Aufklärungskohorte Canis aureus.«

»Die Goldschakale«, übersetzte Raymond. »Von denen habe ich schon gehört. Gute Einheit. Das erklärt, wieso er dermaßen effizient mit einem Scharfschützengewehr umgehen konnte.«

Tammy nickte zustimmend. »Ja, und wie er fast einem Feuertrupp und zwei Gefechtstaxen entkommen konnte. Der war wirklich gut. Alle, die sich auf dem Podium befanden, hatten unerhörtes Glück.« Sie warf dem Präsidenten einen bedeutungsvollen Blick zu. Dieser machte eine verkniffene Miene.

»Ohne Marsden würde ich mir jetzt die Radieschen von unten ansehen. Ich bin unheimlich froh, dass alles dermaßen glimpflich abging.«

Tammy verzog leicht die Miene. »Sehen Sie, genau das macht mich stutzig. Aufklärungslegionäre sind hochgradig spezialisierte Elitesoldaten. Brunner hat – wie viele? – drei Schüsse in etwas weniger als zwei Minuten abgegeben? In einer solchen Zeitspanne hätte ein geübter Scharfschütze dreimal so viele Treffer anbringen können und wäre noch in der Lage gewesen, vor dem Eintreffen feindlicher Kräfte die Stellung zu wechseln. Man könnte beinahe den Eindruck gewinnen, dass …«

»Ja«, hakte Nate nach.

Tammy sah auf. »Man könnte beinahe den Eindruck gewinnen, er wollte erwischt werden. Mir gehen auch seine letzten Worte nicht mehr aus dem Kopf. In Sergeant Major Sullivans Bericht steht, er wäre dazu gezwungen worden. Wenigstens hat er das gesagt, bevor er sich in den Kopf schoss.« Tammy tippte etwas auf ihr Pad ein und das Bild änderte sich. Brunners Werdegang wurde eingeblendet. »Darüber hinaus gibt es keinerlei Anzeichen für eine extremistische politische Gesinnung. Eigentlich wirkt der Mann sogar auf den ersten Blick ganz und gar unpolitisch. Und so jemand wird mir nichts, dir nichts zum Attentäter? Schwer vorstellbar.«

Ackland wirkte nicht überzeugt. »Manche Attentäter sind gut darin, ihre Gesinnung ein Leben lang zu verbergen. Bis es zu spät ist. Das macht es so schwer, sie aufzuspüren, bevor es ihnen gelingt, Schaden anzurichten. Er war vielleicht ein einsamer Wolf.«

Tammy neigte leicht den Kopf zur Seite. »Normalerweise würde ich Ihnen zustimmen, aber hier passt einiges nicht zusammen. Dienstberichte, lobende Erwähnung seiner Vorgesetzten, psychologische Berichte ... nichts davon deutet auf eine extremistische oder regierungsfeindliche Einstellung hin. Sie haben recht, es gibt Attentäter, die sich verblüffend lange bedeckt halten können. Aber nicht innerhalb des Militärs, wo man gezielt darauf achtet, faulige Äpfel auszusortieren.«

»Gibt es Hinweise auf Hintermänner oder Mitwisser?«, wollte ihr Onkel wissen.

»Nur dieser eine Satz, den er von sich gab, sonst nichts. Mir macht auch Sorgen, dass Brunner Zugang zu solchen Waffen bekommen hat. Für einen Reservisten sollte das unmöglich sein.«

Ackland runzelte die Stirn. »Das ist wirklich alles sehr besorgniserregend.« Er wandte sich halb über die Schulter zu seinem Sicherheitschef um. »Wo ist Delgado? Der General sollte eigentlich hier sein. All das geht ihn schließlich auch etwas an.«

»Er hält sich auf den unteren Decks auf und befragt die an dem Zwischenfall beteiligten Legionäre.«

Ackland warf Tammy einen kurzen Blick zu. »Übergeben Sie ihm alles, was Sie an Informationen zusammengetragen haben. Das war hervorragende Arbeit, aber ab sofort übernehmen die Schattenlegionen die Ermittlungen. Das fällt in deren Ressort.« Der Präsident seufzte und sah sich unter den Anwesenden um. »Wir müssen nun eine Entscheidung ganz anderer Tragweite fällen.« Abermals seufzte er. »Sollen wir die Reise abbrechen und zu den Kernwelten zurückkehren?«

Die Offiziere wechselten betretene Blicke. Niemand wollte den Anfang machen, auch wenn im Kopf der meisten ähnliche Gedanken kreisten.

Es war überraschenderweise Lewis Stockwell, der sich einmischte. Der wortkarge Sicherheitschef war eher dafür bekannt, aus dem Hintergrund zu agieren.

»Mir wäre es lieber, wir würden umkehren. Hier draußen ist allumfassender Schutz nicht zu gewährleisten. Wir haben Gardelegionäre, Schattenlegionäre und eine ganze Kohorte dabei und trotzdem ist es einem Attentäter beinahe gelungen, den Präsidenten zu ermorden. Ein hochrangiger General ist verwundet worden. Wir dürfen das nicht auf die leichte Schulter nehmen. Auf den Kernwelten wäre das etwas anderes. Vector Prime wäre gut, Perseus wäre perfekt. Dort kann ich fast hundertprozentige Sicherheit garantieren. Den Raum hier draußen würde ich beinahe als Wildnis bezeichnen. Die örtlichen Sicherheitskräfte sind bemüht, aber nicht in einem Umfang ausgebildet, wie wir ihn gewohnt sind. Ich plädiere daher für die Umkehr.«

Ackland reckte das Kinn kampflustig vor. Tammy erkannte, dass der Präsident nicht begeistert war von der Einlassung seines Sicherheitschefs, aber er konnte dessen Meinung nicht einfach übergehen. Schließlich hatte er um ehrliche Wortmeldung gebeten. Und Stockwells Ausführungen waren von bestechender Ehrlichkeit.

Tammy brachten die Worte des Mannes ebenfalls ins Schwanken. Zweifellos hatte er recht. Sie hatten eine große, gut ausgebildete Schutztruppe aufgeboten und das Ergebnis wäre dennoch beinahe eine Katastrophe gewesen. Es gab eben keinen hundertprozentigen Schutz gegen einen Attentäter, der entschlossen war und darüber hinaus bereit, sein eigenes Leben für das Gelingen der Mission in die Waagschale zu werfen.

Wer auch immer es auf die Würdenträger an Bord der MORGENSTERN abgesehen hatte, er würde wohl nicht klein beigeben. Was für Geschütze würde der Mann im Hintergrund wohl als Nächstes gegen sie auffahren? Das erfuhren sie erst, wenn es so weit war. Und dann konnte es bereits zu spät sein.

Wie man es drehte und wendete, die Versuchung, Stockwell beizupflichten und für eine Umkehr einzutreten, war sehr verlockend.

Lieutenant Colonel Nathaniel Rogers rümpfte die Nase und schüttelte den Kopf. »Wir können nicht umdrehen. Gott weiß, dass ich jetzt auch am liebsten wieder nach Vector Prime zurückfliegen würde, aber jedes derartige Vorgehen ließe uns schwach erscheinen und das können wir uns beim besten Willen nicht leisten. Sobald wir Terrorismus und Extremismus auch nur den kleinen Finger reichen, werden die uns gleich den ganzen Arm abreißen. Wir haben keine Wahl, wir müssen die Wahlkampftour bis zum Ende durchziehen.«

»Bist du sicher, Bruder?«, fragte Raymond. »Damit gehen wir ein großes Risiko ein. Wir sind für diese Menschen verantwortlich. Falls etwas schiefgeht, wird man uns dafür kreuzigen.«

Nate zuckte die Achseln. »Mag sein, aber uns einschüchtern zu lassen, das könnte unter Umständen noch gefährlicher sein.«

Tammy warf einen verstohlenen Blick in Acklands Richtung. Der Präsident wirkte erleichtert. Ein schmales Lächeln umspielte seine Lippen. Auf eine solche Reaktion seiner militärischen Berater hatte er gehofft, was Tammy davon überzeugte, dass er derselben Meinung war wie ihr Onkel. Ihr Vater hingegen vertrat die Ansicht, es wäre besser umzukehren.

»Außerdem«, fuhr Nate Rogers fort. »locken wir die Hintermänner des Attentats möglicherweise aus der Reserve, wenn wir wie geplant weitermachen.«

Das Lächeln des Präsidenten verblasste und der Politiker zog beide Augenbrauen bis zum Haaransatz hoch. »Sie wollen die Kandidaten als Köder benutzen – und mich?«

»Ich würde eine andere Lösung bevorzugen, aber wir haben einfach zu wenige Informationen, um gegen unseren Gegenspieler vorzugehen. Wenn ich könnte, würde ich ein Einsatzteam zusammenstellen und losschlagen. Aber dazu sind wir momentan außerstande. Also muss die nächstbeste Lösung herhalten.«

Ackland prustete und nahm einen Schluck von dem äußerst teuren Scotch in seiner Hand. Tammy hegte allerdings den Verdacht, er trank nur, um den Schock angesichts des Vorschlags zu überspielen.

»Damit hatte ich jetzt ehrlich gesagt nicht gerechnet«, gab Ackland zu. »Es behagt mir gar nicht, als Köder benutzt zu werden. Aber ich stimme zu, dass wir uns einer Drohung nicht beugen dürfen.« Der Präsident drückte einen Schalter auf seiner Stuhllehne. Die Bordsprechanlage verband ihn augenblicklich mit der Kommandobrücke. »Captain Menzel? Wir fliegen wie geplant nach Chariga. Folgen Sie dem Flugplan, als wäre nichts geschehen.«

»Verstanden, Herr Präsident«, erwiderte Menzel sofort. Das Schiff ging auf einen anderen Kurs. Tammy konnte durch das Panoramafenster sehen, wie sich die Ausrichtung der MORGENSTERN in Relation zu den Sternbildern veränderte. Sie unterdrückte nur mit Mühe einen Stoßseufzer. Sie hoffte inständig, dass alle Beteiligten wussten, was sie taten. Sie hatten heute großes Glück gehabt. Und vielleicht hatten sie noch einmal Glück. Oder möglicherweise auch zwei-, drei- oder viermal. Aber ein Attentäter musste nur einmal Glück haben, um erfolgreich zu sein.

7

Sergeant Major Lester Sullivan stapfte mit seiner schweren Rüstung in die dafür vorgesehene Halterung und fuhr den Reaktor herunter. Die Verschlüsse entlang seines Rückgrats öffneten sich und entließen den Legionär ins Freie.

Lester trat einen Schritt zurück und nach unten. Er atmete tief ein. Die sterile, immer wieder aufbereitete Luft an Bord eines Sternenschiffes war zwar nicht gerade das Gelbe vom Ei, aber immer noch besser als das abgestandene Gemisch, das die Soldaten innerhalb ihrer Rüstungen einatmen mussten.

Lester hob nacheinander beide Arme und lockerte mit langsamen Kreisen die Muskeln in Rücken und Bizeps, während er den Blick über die Halle schweifen ließ, in der gerade mehrere Feuertrupps Nahkampfübungen abhielten. Zu diesem Zweck hatten die Soldaten die Klingen, die in beide Arme ihrer Rüstung integriert waren, ausgefahren. Unter den wachsamen Blicken der Unteroffiziere führten die Soldaten der Sturmkohorte Puma der 21. Legion verschiedene Bewegungsabläufe durch.

Am Rand standen einige Schattenlegionäre und beobachteten die Übungen. Hin und wieder lachten ein paar von ihnen und der eine oder andere schickte einen Verbesserungsvorschlag in Richtung der kämpfenden Soldaten.

Diese waren natürlich nicht ernst gemeint und dienten lediglich als versteckte Beleidigungen. Schattenlegionäre waren ein recht schwieriger Haufen. Gehörte man einmal dazu, sah man sich als Teil einer elitären Bewegung und besaß kaum noch Verbindung zum regulären Militär.

»Verdammte Schweinebande!«

Lester drehte sich halb um. Hinter ihm stand Dustin und musterte die am Rand stehenden Schattenlegionäre mit wachsender Frustration. »Halten sich für was Besseres«, fügte er hinzu.

»Ignorier sie einfach. Das war doch schon immer so. Die werden sich auch nicht mehr ändern.«

»Denen würde ich gern mal einen Denkzettel verpassen.«

Lester lachte kurz auf. »Davon rate ich dir dringend ab. Sonst wirst am Ende du derjenige sein, dem eine Lektion erteilt wird.«

Dustin warf seinem Vorgesetzten einen ungläubigen Blick zu. »Was denn? Glaubst du, mit denen werden wir nicht fertig?«

Die hochmütige Äußerung rief bei Lester lediglich ein schmales Lächeln hervor. »Das sind Schattenlegionäre. Mit denen sollten wir uns wirklich nicht anlegen. Denk dran, sie gelten nicht umsonst als die Besten der Besten.«

»Deren Ruf ist völlig überzogen, wenn du mich fragst.«

Lester warf seiner Nummer zwei einen verblüfften Blick zu. »Meine Güte, du bist ja wirklich heiß auf ein Tänzchen mit denen.«

Dustin sah auf einmal peinlich berührt aus der Wäsche. »Das wäre wenigstens mal eine Abwechslung.«

»Glaub mir, *das* willst du nicht.«

Dustin grinste. »Und ob ich das will! Ich würde zu gern mal feststellen, ob die wirklich so gut sind wie ihr Ruf.«

Lester deutete auf einen hochgewachsenen Mann in der Mitte der Gruppe aus pöbelnden Schattenlegionären. »Den Typen da kenne ich. Zumindest seinen Ruf. Das ist Staff Sergeant Lorenzo Morelli, Feuertrupp *Flammen des Fegefeuers*. Der Kerl ist die Pest, aber seine Arroganz ist leider gerechtfertigt. Der war drüben. Jenseits des Risses. Kurz vor Ende des Krieges. Man muss schon verdammt hart sein, um so was zu überleben.«

Dustin schnaubte zweifelnd. »Wir haben auch unseren Teil geleistet. Flohteppiche und Schaben sind dasselbe. Egal ob in diesem Universum oder in dem anderen.« Der Legionär benutzte die gebräuchlichen Schimpfworte für Hinrady und Jackury, die Sklaven der Nefraltiri. Lester hätte seinem Stellvertreter nur zu gern zugestimmt, allerdings: Ganz so einfach war es nicht. Die Nefraltiri hatten damals ihre verbliebenen Elitetruppen zurückgehalten, um ihre Heimatwelt zu schützen. Auf dieser Seite vom Riss waren die republikanischen Truppen mit kaum mehr als Aufräumarbeiten beschäftigt gewesen. Die 21. Irreguläre Legion war gut, keine Frage. Aber mit den Schattenlegionen legte sich niemand ungestraft an. Das war bekannt.

Unversehens brach Tumult aus. Mehrere der trainierenden Legionäre hatten genug von den unwillkommenen und nicht ganz ernst gemeinten Ratschlägen der Schattenlegionäre. Sie stellten ihre Rüstungen ab, schälten sich heraus und gingen auf die am Rand stehenden Elitesoldaten zu.

Lester riss die Augen auf. »Oh, oh, da gibt es Ärger.« Der Sergeant Major sprintete los, Dustin im Schlepptau. Er kam gerade noch rechtzeitig, um das Schlimmste zu verhindern. Einige Soldaten aus seiner Einheit waren schon dabei, die Schattenlegionäre am Kragen zu packen. Diese machten keinerlei Anstalten, sich zu wehren, doch Lester ließ sich davon nicht täuschen. Die Schattenlegionäre hatten es darauf abgesehen. Die Kerle waren auf Streit aus.

Mit einer entschlossenen Bewegung löste Lester den Griff eines Soldaten und ging zwischen die Kontrahenten. Allein das Auftauchen einer schlichtenden Gestalt brachte für einen Moment Ruhe in das Chaos. Damit hatte keine der beiden Seiten gerechnet. Sogar die Schattenlegionäre wirkten aus dem Konzept gebracht. Dustin stellte sich demonstrativ neben seinen Vorgesetzten, obwohl er offensichtlich selbst gern den Kampf forciert hätte. Lester war für die stille Unterstützung seiner Nummer zwei äußerst dankbar.

Er hob beschwichtigend die Hände. »Ganz ruhig, Leute. Jetzt beruhigen wir uns alle mal wieder. Kommt alle mal runter.«

Böse Blicke wurden gewechselt, aber die Soldaten gingen einen Schritt auf Abstand. Lester hoffte schon, die Sache wäre damit auf dem besten Weg, beigelegt zu werden. Er wandte sich an Morelli. »Vielleicht ist es besser, wenn Sie Ihre Leute aus der Trainingshalle führen.«

Der Schattenlegionär musterte seinen Amtskollegen für einen Moment hochmütig, bevor er antwortete. »Vielleicht sollten Sie sich lieber um Ihre eigenen Angelegenheiten kümmern.«

Die Antwort war dermaßen arrogant formuliert und in einem überheblichen Ton vorgetragen, dass Lester für ein paar Sekunden nicht wusste, wie er darauf reagieren sollte. Unteroffiziere waren dafür da, ihre Leute notfalls zur Räson zu bringen, und nicht dafür, sie auch noch in den Streit hineinzupeitschen.

»Morelli, das genügt jetzt. Führen Sie Ihre Leute hinaus. Sofort!«

Rein formal wäre Lester als Sergeant Major einem Staff Sergeant übergeordnet gewesen, Morelli jedoch sah das anders. Er grinste und spuckte Lester mitten ins Gesicht.

Von da an ging alles rasend schnell. Lester stand dem anderen Unteroffizier für den Bruchteil einer Sekunde einfach nur fassungslos gegenüber. Dann holte er aus, schlug zu und spürte befriedigt, wie die Nase seines Kontrahenten unter der Belastung brach. Von da an gab es kein Halten mehr. Schattenlegionäre und reguläre Soldaten fielen hemmungslos übereinander her. Das Ergebnis war eine Massenschlägerei, die nur durch das beherzte Eingreifen von Marines in voller Kampfmontur beendet werden konnte.

* * *

Sergeant Major Lester Sullivan und Staff Sergeant Lorenzo Morelli standen in Habachtstellung vor Lieutenant Colonel Nathaniel Rogers sowie Lieutenant General Finn Delgado. Beide Offiziere musterten ihre jeweiligen Untergebenen mit einer Mischung aus Abscheu, Faszination und Unglauben. Nach einer gefühlten Ewigkeit wechselten die beiden Männer einen kurzen Blick. Nate Rogers lehnte sich zurück, während Delgado zu einer Standpauke ansetzte.

»Colonel Rogers und ich sind gelinde gesagt erstaunt über dermaßen viel Dummheit unter unseren Soldaten. Nie hätte ich geglaubt, dass zwei Unteroffiziere nicht in der Lage sind, Ihre Leute im Zaum zu halten.« Er maß beide Männer mit festem, unnachgiebigem Blick. »Ich will auf der Stelle wissen, wer angefangen hat.« Er korrigierte sich nach einem beiläufigen Blick über die Schulter. »Wir beide wollen das.«

Lester und Lorenzo sahen einander nicht an. Das wagten sie gar nicht. Dann brach es zeitgleich aus den Soldaten heraus. »Ich kann mich nicht erinnern, Sir.«

Die Antwort schien dem General gar nicht zu gefallen. »Sie können sich also nicht erinnern. Beide. Leiden wohl unter einem akuten Fall von Amnesie. Haben Sie sich unter Umständen gegenseitig die Birne weich geklopft, wie?!«

Wiederum antworteten beide Männer gleichzeitig. »Sir, ja, Sir!« Wenn man auf eines bauen konnte, dann, dass einfache Soldaten und sogar

Unteroffiziere zusammenhielten, wenn sie einem höherrangigen Vorgesetzten gegenüberstanden. Dispute und Meinungsverschiedenheiten kamen und gingen, die Kameradschaft zwischen den Soldaten blieb.

Wobei allerdings sowohl Lester als auch Lorenzo Spuren des Kampfes zurückbehalten hatten. Der Sergeant Major hatte ein blaues Auge und sein Kinn war deutlich verfärbt. Die Nase des Staff Sergeants hatte man richten müssen. Ein schmaler Streifen quer über den Nasenrücken hielt das geborstene Stück an Ort und Stelle. Außerdem fehlte ihm ein Teil eines Schneidezahns.

Lester hätte eigentlich nicht stolz darauf sein dürfen. Dennoch war er es. Einem Schattenlegionär eine Abreibung zu verpassen, das war keine geringe Leistung.

Delgado seufzte tief auf und drehte sich um. »Was meinen Sie, Colonel?«

Nate Rogers dachte einen Augenblick nach, bevor er sich erhob. »Aus den beiden bekommen wir nicht mehr raus. Daher würde ich vorschlagen, wir bestrafen sie als Rädelsführer der Schlägerei. Sie kümmern sich um Ihren Mann, ich um den meinigen. Einverstanden?«

Delgado nickte. »Einverstanden. Das ist fair.« Er wirbelte zu Lorenzo Morelli herum und funkelte den Unteroffizier böse an. »Sie melden sich um null sechshundert in meinem Quartier. Verstanden?«

Lorenzo nickte ruckartig. »Verstanden, Sir!«

»Sie dürfen abtreten«, befahl der General. Der Staff Sergeant salutierte und machte kehrt. Nach einem Nicken an Rogers' Adresse folgte ihm der General aus dem Raum.

Rogers wartete, bis sich die Tür hinter den Schattenlegionären zischend geschlossen hatte. Dann fiel er seufzend in sich zusammen. Er blickte auf. »Ich hätte mehr von Ihnen erwartet, Sarge.«

Da Lester annahm, es handele sich um eine rhetorische Bemerkung, schwieg er dazu. Der Colonel neigte abwartend den Kopf zur Seite. »Nun? Keine Rechtfertigung?«

»Nein, Sir«, erwiderte Lester. »Dafür gibt es keine Entschuldigung.«

»Da haben Sie verdammt recht«, brauste der Colonel auf. »Die gibt es nicht.« Er stand auf. »Wir haben es mit einer Krisensituation zu tun, falls Sie das noch nicht mitbekommen haben. Jemand will unserem Präsidenten und vermutlich auch den Kandidaten an den Kragen. Gut möglich, dass es sich hier um einen recht offensichtlichen Eingriff in die Präsidentschaftswahlen handelt. Und Sie haben nichts Besseres zu tun, als sich mit Delgados arroganten Idioten zu prügeln? Ernsthaft?« Rogers schüttelte den Kopf. »Ich verstehe, dass die Langeweile während des Flugs an der Substanz zehrt, aber können Sie den Frust nicht anderweitig abbauen. Nichts weniger erwarte ich von meinen Unteroffizieren. Das ist Ihr verdammter Job, Sullivan.«

Lester schwieg, da ihm klar war, dass keine Antwort erwünscht war. Der Colonel musterte ihn noch einen Moment lang schweigend, bevor dieser seine Entscheidung traf. »Der Sold von zwei Wochen wird einbehalten, und sobald wir zurück auf Vector Prime sind, leisten Sie vier Wochen Strafdienst. Sie können von Glück reden, dass ich alle meine Leute dringend brauche, ansonsten würde ich Sie in einem Müllfrachter nach Hause schicken. Wegtreten!«

Lester salutierte zackig, drehte sich um und verließ den Raum. Er gestattete es sich erst, sich zu entspannen, nachdem sich die Tür zischend hinter ihm geschlossen hatte.

Man erwartete ihn bereits. Seine vier Truppkameraden kamen neugierig näher. »Und?«, wollte Dustin wissen. »Wie war es?«

Lester ließ die Schultern sacken. »Hätte schlimmer kommen können.«

»Dann ist die Sache also beendet?«, hakte Natascha nach.

Lesters Lippen öffneten sich zu einem breiten Grinsen. »Beendet? Keineswegs. Das, was in der Trainingshalle passiert ist, schreit nach Rache.«

* * *

In der folgenden Nacht schlichen sich die Mitglieder von Feuertrupp *Echo der Verdammnis* aus ihrem Quartier. Sie begaben sich leise wie ein Haufen Verschwörer zu der Schiffssektion, die den Angehörigen der Schattenlegionen vorbehalten war.

Natascha und Toshiro machten sich an der Abdeckung einer Wartungsluke zu schaffen, während der Rest Schmiere stand. Dahinter kam ein Gewirr verschiedener Leitungen und Kabel zum Vorschein.

»Beeilt euch!«, drängte Megan, die sich immer wieder verstohlen umsah.

»Bin gleich so weit«, beruhigte Toshiro sie, während er drei Kabel von der Isolierung befreite und damit begann, sie zu verbinden.

»Und du meinst, das funktioniert?«, fragte Dustin zweifelnd.

»Das funktioniert«, gab Toshiro kichernd zurück. Der Mann war ein Allroundtalent, was Elektronik anbelangte. Die Rache der Legionäre war von einfachster Art, aber auch von niederträchtiger Intelligenz. Einige der Kabel steuerten die künstliche Schwerkraft in der betreffenden Sektion: die der Quartiere, die der Kombüse und die in den Latrinen. Was nun folgte, würde eine ganz schöne Sauerei auslösen.

Toshiro lachte kurz auf. »Geschafft«, flüsterte er. »Nichts wie weg!«

Der Feuertrupp machte sich davon, so schnell ihre Beine sie trugen. Auf eine Reaktion mussten sie nicht lange warten. Fluchen und Keifen war bereits zu hören, Sekunden nachdem sie die Sektion der Schattenlegionäre in eine Null-g-Zone verwandelt hatten. Elitesoldaten stürzten wutentbrannt durch die Tür und fielen zu Boden, angesichts der Schwerkraft, die in den angrenzenden Bereichen weiter vorherrschte. Nicht wenige von ihnen waren mit menschlichen Ausscheidungen beschmiert. In der nun schwerelosen Sektion hinter ihnen schwebten Pfützen von Urin und Klumpen von Fäkalien durch die Luft. Viele der herumstrampelnden Schattenlegionäre konnten den unerwünschten Hinterlassenschaften nicht mehr rechtzeitig ausweichen.

Wer es schaffte, dem Schlamassel zu entkommen, suchte nach jemandem, den er mit seinem Zorn überziehen konnte. Aber alles, was sie von ihren Peinigern mitbekamen, war deren Lachen, das durch die Korridore der MORGENSTERN hallte.

8

Fünf Tage später lief der Verband, bestehend aus den drei Tarnkreuzern MORGENSTERN, HANNIBAL und ATTILA, in das Chariga-System ein. Die republikanischen Kriegsschiffe schwenkten nach einem erfreulich kurzen Flug, wobei sie dem zivilen Schiffsverkehr wohlweislich auswichen, in den Orbit um den bewohnten zweiten Planeten des Systems ein.

Captain Georg Menzel leitete den Anflug und das Einschwenken in die Parkposition von seinem Sessel auf der Kommandobrücke aus. Insgeheim musste er immer noch schmunzeln über den kleinen Streich, der den Schattenlegionären gespielt worden war.

Man hatte die Übeltäter natürlich gefunden und diese waren fast eine Woche damit beschäftigt gewesen, die Sauerei zu beseitigen. Dennoch lachte immer noch jede Person an Bord der MORGENSTERN darüber. Inzwischen sogar die Schattenlegionäre. Nachdem sie sich beruhigt hatten, mussten sie zugeben, was für ein gelungener Scherz das gewesen war. Beide Seiten – Schattenlegionäre und reguläre Soldaten – waren dadurch sogar auf eine Art zusammengewachsen, wie Menzel es nicht mehr erwartet hatte. Zwischen den Streithähnen war neuer Respekt entstanden.

Nach einer anfänglichen Diskussion über mögliche weitere disziplinarische Maßnahmen war man übereingekommen, die Sache aufgrund des positiven Nebeneffekts ad acta zu legen.

Sogar die betroffenen Schattenlegionäre verzichteten darauf, auf eine weitere Bestrafung zu pochen. Menzel vermutete stark, dass die Schattenlegionäre insgeheim eigene Vergeltungsmaßnahmen ersannen. Legionäre lösten solche Dinge lieber unter sich, ohne Einmischung höhergestellter Vorgesetzter. Menzels Grinsen wurde breiter. Das versprach noch eine interessante Reise zu werden.

Seine XO, Commander Ludmilla Szymanski, sah auf. »Parkposition erreicht, Skipper.«

Menzel nickte zufrieden. »Teilen Sie Präsident Ackland mit, dass seine Fähren Starterlaubnis haben.«

* * *

Mehrere Fähren lösten sich aus den Hangars an beiden Seiten. In einer davon saßen Ackland und die Kandidaten für das Amt des Präsidenten, in den anderen mehrere Zenturien der 21. Legion. Zur Unterstützung waren Feuertrupps der 1. Schattenlegion dabei. Nach dem Vorfall auf Athale wurde jedes Risiko so weit wie möglich ausgeschlossen. Daher starteten auch noch die Mammoth-II-Staffeln der HANNIBAL und der ATTILA, um die verwundbaren kleinen Vehikel zur Oberfläche zu eskortieren. Die kampfstarken Jagdbomber umringten die Landefähren wie ein schützender Kokon.

Menzel verfolgte auf seinem taktischen Hologramm, wie die Schiffe und ihre Jagdeskorte in die von Blizzards dominierte Atmosphäre eintraten. Chariga war eine Welt des ewigen Eises. Dadurch wurden die Sensoren beeinträchtigt. Er hoffte nur, dass es dieses Mal keine Probleme gab.

* * *

Captain Georg Menzel war nicht der Einzige, der den Anflug der kleinen Flotte aus Fähren und Jagdbombern beobachtete. In einem Hotelzimmer nahe dem örtlichen Kongresszentrum saß Elias Washington und musterte mit versteinerter Miene die Symbole der anfliegenden Schiffe auf dem Bildschirm vor sich.

Er war allein. Das Zimmer war von seinem Auftraggeber auf seinen Namen reserviert worden. Elias war ganz froh, dass ihn niemand in dieser Phase der Operation begleitete. Sich allein auf etwas Derartiges vorzubereiten, hatte beinahe einen spirituellen Beigeschmack. Seine Lippen teilten sich zu einem schmalen Lächeln. Seine Reise neigte sich dem Ende entgegen.

* * *

Die Zenturie, der Lesters Feuertrupp angehörte, teilte sich dieses Mal notgedrungen die Landefähre mit einigen Schattenlegionären. Der Feuertrupp *Flammen des Fegefeuers* gehörte dazu. Mit einem flauen Gefühl im Magen registrierte Lester, wie sich Lorenzo Morellis Kopf immer wieder leicht in seine Richtung bewegte. Der Mann ließ ihn kaum aus den Augen.

Lester schluckte. Den kleinen Scherz mit der künstlichen Schwerkraft hätte er an diesem Punkt eigentlich bedauern müssen. Er tat es nicht. Die Schattenlegionäre hatten es nicht anders verdient. Und es war einfach zu komisch gewesen, wie sie mit Scheiße beschmiert aus ihrem Abschnitt getaumelt waren.

Aber die Sache würde noch ein Nachspiel haben. Die Schattenlegionäre ließen das bestimmt nicht auf sich sitzen. Er seufzte. Ganz unverdient würde die Vergeltung seine Leute und ihn wohl nicht treffen. Das musste er eingestehen. Gegen seinen Willen verzog er das Gesicht zu einem breiten Grinsen. Aber auf die Vergeltung würde wieder Vergeltung folgen. Wenigstens versprach das ein wenig Abwechslung in den Wochen und Monaten, die sie noch unterwegs sein würden.

In den Ohren des Sergeant Majors knackte es und im nächsten Moment meldete sich Lieutenant Tammy über die allgemeine Befehlsfrequenz. Ihre Stimme dröhnte aus dem Kom einer jeden Rüstung.

»Alle mal herhören! Es gibt eine Änderung. Aufgrund der Ereignisse auf Athale hat der Präsident beschlossen, dass es dieses Mal keine öffentlichen Reden auf dem Raumhafen geben wird. Wir fliegen daher unmittelbar das örtliche Kongresszentrum an und bereiten alles für das Rededuell heute Abend vor. Sobald die Politiker mit ihrem großen Palaver fertig sind, sammeln wir unsere Schützlinge umgehend ein und kehren auf die MORGENSTERN zurück. Wir gehen kein unnötiges Risiko ein. Und im Gegensatz zur Veranstaltung auf Arkansas behalten wir dieses Mal die Rüstung an. Und zwar jeder! Das wirkt vielleicht etwas aggressiv, aber unter Umständen schreckt es auch etwaige Attentäter ab. Noch Fragen?«

Niemand antwortete, was Tammy nur recht war. Sie begann im Anschluss damit, die einzelnen Feuertrupps und Zenturien für ihre Aufgaben einzuteilen.

Lesters Feuertrupp gehörte zu jenen, die den Innenbereich der Veranstaltung absichern sollten. Lorenzo Morellis Einheit ebenfalls. Der Sergeant Major verdrehte die Augen.

Ich Glückspilz!, schoss es ihm durch den Kopf.

* * *

Der Lieutenant Junior Grade, der an der Sensorstation seinen Dienst versah, drehte sich leicht um und bat die XO stumm um deren Aufmerksamkeit.

Ludmilla Szymanski trat hinter den jungen Offizier und sah diesem neugierig über die Schulter. Sie tuschelten kurz, was Menzels Interesse ebenfalls weckte. Er stand auf und gesellte sich zu den beiden.

»XO? Sollte ich etwas wissen?«

Die Frau wusste im ersten Moment nicht recht zu sagen, wie sie die Frage beantworten sollte. Sie deutete auf die neuesten Abtastungen des Raums um den Hauptplaneten des Systems. Menzel beugte sich vor und studierte die Anzeigen. Fünf Symbole waren zu sehen. Noch stellte deren Kurs kein Problem dar, aber sie kamen gefährlich nahe an der Flugverbotszone vorbei, die man für die MORGENSTERN und ihre Schwesterschiffe eingerichtet hatte.

»Um was für Schiffe handelt es sich?«, verlangte der Kommandant des Tarnkreuzers zu erfahren.

»Zivile Transporter eines älteren Typs.«

»Kennung? Registrierung?«

Der Lieutenant an der Sensorstation rief die Daten der fünf Schiffe auf den Bildschirm. »Die Kennung ist in Ordnung. Die Frachter sind auf Chariga registriert und gehören derselben Reederei an. Laut aktuellem Flugplan liefern sie Werkzeuge und Geräte für eine Mine auf dem dritten Mond.«

»Passt ihr Kurs zu diesem Flugplan?«

Szymanski nickte. »Es ist nicht gerade ein perfekter Kurs. Keiner, den ich wählen würde. Aber mit viel gutem Willen würde er in Ordnung gehen. Wir dürfen nicht vergessen, dass wir es hier mit zivilen Schiffen zu tun haben. Die wählen nicht immer einen perfekten Kurs.«

»Nein«, sinnierte Menzel vor sich hin. »Nein, das tun sie nicht.« Er machte eine verkniffene Miene. »Die sehen uns wahrscheinlich gar nicht.« Der Captain hob die Stimme. »Navigation? Wir drehen Richtung Nordpol ab. Gehen wir ihnen einfach aus dem Weg.«

»Aye, Skipper!«, bestätigte der Navigator. »Kurs wird angeglichen.« Wenige Sekunden später drehten alle drei Tarnkreuzer ab, um den Ziviltransportern zusätzlichen Platz einzuräumen. Menzel hätte die Schiffe auch anrufen und sie darauf aufmerksam machen können, dass sie sich einer Flugverbotszone näherten. Damit hätte er jedoch seine Position preisgegeben. Diese Lösung war besser. Die Besatzungen der fünf Frachter würden vermutlich nicht einmal merken, dass sie an den drei Tarnschiffen vorüberzogen.

Menzel ging davon aus, dass die Sache damit erledigt war, und wollte zum Kommandosessel zurückkehren. Er hatte ihn beinahe erreicht, als seine XO ihn zurückhielt. »Sir? Die fünf Schiffe gleichen ihre Flugrichtung der unseren an. Sie gehen auf Abfangkurs.«

Menzel wirbelte auf dem Absatz herum. »Was?«

* * *

Elias Washington zeigte seinen Ausweis zunächst den Polizisten am Eingang, dann noch einmal zwei Schattenlegionären am äußeren und zwei regulären Legionären am inneren Sicherheitsperimeter vor. Er trug seine Uniform. Zusammen mit der gefälschten Berechtigung für diesen Bereich und der ID-Karte zweifelte niemand an, dass er das Recht hatte, hier zu sein. Elias lächelte. Er war drin. So weit, so gut.

* * *

In Menzels Verstand überschlugen sich die Gedanken. Er setzte sich auf seinen Sessel und schnallte den Fünf-Punkte-Sicherheitsgurt fest.

»Sie können uns sehen!« Der Flottenoffizier schüttelte den Kopf, als er zu begreifen versuchte, was hier abging. »Das ist unmöglich.« Seine Verblüffung kostete wertvolle Sekunden. Eine Zeitspanne, die sie kaum hatten. Er straffte seine Gestalt. Es wurde Zeit zu handeln.

»Melden Sie die Frachter der Bodenkontrolle und der Raumüberwachung. Informieren Sie den Präsidenten. Er soll augenblicklich an einen sicheren Ort gebracht werden. Die drei Küken genauso. Unsere

Mammoth II sollen sofort starten und rufen Sie die Staffeln der HANNIBAL und ATTILA umgehend zurück. Wir benötigen ihren Feuerschutz.«

Szymanski wollte die Meldung durchgeben, sah aber nach kurzem Moment mit aschfahlem Gesicht auf. »Unser Funk wird gestört. Keine Verbindung mit irgendjemandem auf der Oberfläche möglich.«

Irgendein unbekannter Offizier der hiesigen Verteidigungskräfte bewies Eigeninitiative. Auf seinem Hologramminterface registrierte Menzel, wie die örtlichen Wachgeschwader reagierten. Sie hatten die Bedrohung für die Tarnkreuzer erkannt. Aber die nächsten Schiffe würden gut zwei Stunden brauchen, um die MORGENSTERN zu erreichen. Wenn sich Menzel nicht sehr irrte, würde das sich anbahnende Gefecht keine dreißig Minuten dauern.

Von allen fünf Frachtern lösten sich jeweils zwanzig kleinere hektisch rot blinkende Symbole. »Torpedos im Anflug!«, hallte die Stimme des taktischen Offiziers parallel über die Brücke.

»Mein Gott, die können uns sogar anpeilen!«, keuchte Menzel. Lauter befahl er: »Volle Gegenmaßnahmen. Elektronische Kriegsführung auf Maximum. Ausweichen nach steuerbord. Taktik, vollen Gegenschlag vorbereiten!«

Alle drei Tarnkreuzer stießen aus dem Heck und dem Bauch Köder und Täuschkörper aus und drehten im selben Moment in die andere Richtung ab. Der Gegner hatte eine Salve von hundert Torpedos abgefeuert. Obwohl er zweifelsohne über militärtaugliche Ausrüstung verfügte, steuerte er lediglich ein paar altersschwache Frachter. Damit blieben die Möglichkeiten ihrer Gegner weit hinter denen der drei Kreuzer zurück. Menzel hoffte, es würde ausreichen. Die Feindschiffe offenbarten bereits jetzt unerwartet moderne Fähigkeiten.

Mehr als die Hälfte der Torpedos fiel auf die Köder und Täuschkörper herein. Die Geschosse detonierten harmlos im All. Ein weiteres Drittel konnte von der hoch entwickelten elektronischen Kriegsführung verwirrt werden, sodass sie ihre Zielerfassung verloren und steuerlos in die Weite des Alls trudelten. Die restlichen siebzehn Geschosse blieben auf Kurs und nahmen gehorsam die aufgeschalteten Ziele aufs Korn.

Die Punktverteidigungslaser übernahmen, sobald die einkommenden Fernlenkwaffen nah genug waren. Weitere acht der Geschosse wurden zerstrahlt.

Die übrigen neun hämmerten auf die ATTILA und die MORGENSTERN ein. Beide Schiffe verzeichneten Schäden. Die ATTILA erlitt sogar zwei Panzerungsdurchbrüche. Eine schnelle Reaktion der Besatzung verhinderte den Verlust des Schiffes. Die Opfer unter der Mannschaft hielt sich in Grenzen. Menzel grinste wölfisch. Der Gegner hatte alles auf eine Karte gesetzt und gehofft, der Überraschungseffekt würde ausreichen, um die republikanischen Schiffe zu überwältigen. Er hatte sich verzockt. Nun war Menzel an der Reihe.

»Gegenschlag ausführen!«, ordnete er an, wobei der Kommandant der MORGENSTERN die Worte förmlich herauspresste.

Die drei Tarnkreuzer feuerten eine gebündelte Salve aus allen Torpedorohren. Die fünf Angreifer schwärmten nun ihrerseits aus, schleusten Täuschkörper und Köder aus. Die Fähigkeiten dieser alten Nussschalen waren wirklich bemerkenswert. Jemand hatte viel Zeit, Mühe und Geld investiert, um sie massiv aufzurüsten, aber gleichzeitig den Anschein der Hilflosigkeit zu bewahren.

Diese Frachter mochten aufgerüstet sein, aber es handelte sich immer noch um Transportschiffe. Sie waren keinesfalls mit Kampfeinheiten zu vergleichen. Drei der Feindschiffe verschwanden auf einen Schlag vom Plot. Die Sensoren verzeichneten bei den zwei überlebenden massive Schäden. Dass sie diesen Beschuss überhaupt halbwegs intakt überstanden hatten, grenzte schon an ein Wunder.

Die MORGENSTERN entsandte ihre Jagdbomber, obwohl dies nach Menzels Dafürhalten gar nicht mehr nötig war. Die sechs kleinen Maschinen näherten sich vorsichtig in Halbkreisformation dem vermeintlich wehrlosen Gegner.

Eines der Schiffe erwachte plötzlich wieder zum Leben. Mehrere Energiebatterien nahmen die Jagdbomber unter Dauerfeuer. Der Rumpf zweier Maschinen wurde auf ganzer Länge perforiert und sie explodierten nur Sekundenbruchteile später. Ein weiterer Mammoth II wurde kampfunfähig geschossen. Der manövrierunfähige Jäger trudelte zwischen den beiden zusammengeschossenen Frachtern hindurch.

Die Antwort der drei verbliebenen Jagdbomber ließ nicht auf sich warten. Sie stoben auf verschiedenen Vektoren auseinander, um die feindliche Zielerfassung zu verwirren. Doch dann kehrten sie um und jede der Maschinen klinkte einen Torpedo aus. Die drei Geschosse schlugen nahezu gleichzeitig in den Rumpf eines der malträtierten Frachter ein und löschten diesen aus.

Das letzte Feindschiff blieb tot im All zurück und war wohl wirklich ausgeschaltet.

Menzel nahm sich einen Moment Zeit zum Durchatmen. Das Schicksal meinte es an diesem Tag nicht gut mit ihm. Alarmsirenen gellten plötzlich auf. Szymanski wirbelte herum. »Weiterer Abschuss registriert. Direkt unter uns. Aus der Atmosphäre.«

Sie hatte noch nicht ausgesprochen, als die Symbole dreier weiterer Frachter, die man zu Kampfschiffen umgebaut hatte, auf Menzels Hologramminterface auftauchten. Jedes der Schiffe entließ zwanzig Geschosse gegen die über ihnen schwebenden Tarnkreuzer. Menzel erkannte instinktiv, was vor sich ging. Durch die nahen magnetischen Pole hatte keiner der drei republikanischen Schiffskommandanten, die auf der Lauer liegenden Feindschiffe geortet – bis es zu spät war.

Die drei Jagdbomber wendeten, um der MORGENSTERN zu Hilfe zu kommen. Aber Menzel wusste, sie waren zu weit entfernt. Sie würden nicht rechtzeitig eintreffen. Die Navigatoren der drei Tarnkreuzer vollführten waghalsige Ausweichmanöver, während sich die taktischen Offiziere mit der Abwehr der anfliegenden Geschosse abmühten. Der Feind war jedoch viel zu nah, die Vorwarnzeit minimal.

Die ATTILA erlitt mittschiffs ein Dutzend Treffer und wurde zu einer zweiten Sonne im Chariga-System, als die Explosion den Tarnkreuzer in Stücke riss. Der HANNIBAL und der MORGENSTERN gelang es, eine günstige Schussposition einzunehmen. In Gemeinschaftsarbeit vernichteten sie zwei der neu eingetroffenen Angreifer. Menzel bekam noch mit, dass der überlebende Frachter schweren Schaden nahm. Ob es gänzlich kampfunfähig war, konnte der Captain der MORGENSTERN nicht mit Bestimmtheit sagen. Dann verschwand die HANNIBAL unter einer Vielzahl an Treffern. Trümmer des gepeinigten Kreuzers spritzten in alle Richtungen davon und die Telemetrie des republikanischen Kriegsschiffes verschwand mit schockierender Plötzlichkeit von Menzels Plot.

Die drei Jagdbomber der MORGENSTERN preschten heran. Aber wer auch immer auf der Gegenseite das Kommando führte, brachte einiges an Erfahrung mit. Einer der Frachter feuerte eine Breitseite ab und zerstrahlte zwei der Kampfmaschinen, bevor diese zum Angriff übergehen konnten. Der letzte Mammoth II wurde beschädigt, konnte aber dem Großteil des Beschusses ausweichen und entging auf diese Weise der Zerstörung.

Sieben gegnerische Torpedos hatten sich unterdessen auf die MORGENSTERN eingepegelt. Die Abwehrlaser erwachten zum Leben und tanzten einen tödlichen Rhythmus mit den Fernlenkgeschossen. Zwei konnten zerstrahlt und zur Detonation gebracht werden. Die restlichen fünf schlugen ein.

Das Deck bäumte sich unter Menzels Füßen auf. Er spürte noch, wie sein Körper gegen die Sicherheitsgurte gepresst wurde und ihm dabei mindestens eine Rippe brach. Die Panzerung riss auf und zerrte alles mit sich, was nicht gesichert war. Jemand stülpte ihm eine Sauerstoffmaske über. Rote Warnsirenen heulten durch jeden Korridor und tauchten auch die Kommandobrücke in eine Kakofonie der Verzweiflung.

»Sie feuern erneut«, hörte er wie aus weiter Entfernung die Stimme seiner Ersten Offizierin. »Zwei Torpedos im Anflug.«

Zwei. Das war besser als zwanzig. Diese wenigen Worte gingen ihm durch den Kopf, während er darum kämpfte, bei Bewusstsein zu bleiben. Sie mussten das letzte Feindschiff ganz schön erwischt haben. Wo zum Teufel war der verbliebene Jagdbomber? Sie benötigten seinen Feuerschutz. Dringend.

Er holte tief Luft, um seine nächsten Anweisungen zu geben. In diesem Moment schlugen die zwei Geschosse in den waidwunden, nahezu kampfunfähigen Tarnkreuzer ein und Menzels Welt versank in Dunkelheit.

* * *

Sergeant Major Lester Sullivan patrouillierte das Innere des Gebäudes. Techniker waren dabei, das Podium aufzubauen, wo bald schon das nächste Duell stattfinden sollte. Sie würden demnächst fertig werden. Zum Glück. Sie befanden sich schon weit jenseits des Zeitplans.

Der Sergeant Major warf einen Blick nach links. Dort stand Lorenzo Morelli. Der Schattenlegionär bemerkte Lesters Augen, die auf ihm ruhten, und nahm sich die Zeit, seinem Unmut durch Heben des Mittelfingers Ausdruck zu verleihen.

Das war jetzt wirklich kindisch. Lester wandte sich ab. Er wollte lieber gar nicht daran denken, was in dem Kopf des Mannes gerade vor sich ging. Welche sadistischen Wege dort drinnen ersonnen wurden, um die erlittene Kränkung zu rächen.

Auf dem Podium fanden sich bereits Mutter Henne, Delgado, die drei Küken sowie der Sicherheitschef des Präsidenten ein. Zwei Feuertrupps der 18. Gardelegion sicherten deren unmittelbares Umfeld. Mutter Henne und die drei Küken waren in eine angeregte Diskussion vertieft. General Marsden befand sich noch immer auf der Krankenstation der MORGENSTERN. Der Glückliche. Dem blieb all das hier erspart.

Ein Mann erregte Lesters Aufmerksamkeit. Der Unbekannte trug die Ausgehuniform der 114. Legion. Der Sergeant Major runzelte die Stirn. Was hatte einer von denen denn hier zu suchen? Die Hundertvierzehnte befand sich zwei Sektoren weit weg. Lester fiel das Symbol am Kragen der Uniform auf, das diesen als Reservisten auswies. Seine Verwirrung wuchs.

»Trupp zu mir!«, befahl er über Kom. »Verdächtige Person.«

Er erhielt keine Bestätigungen. Auf dem HUD registrierte er jedoch, dass seine Kameraden damit begannen, den Mann einzukreisen und sanft, aber bestimmt, vom Podium abzudrängen.

Lester versiegelte seinen Helm und näherte sich dem Soldaten von vorne, um ihn anzusprechen. Als er dessen versteinerte Miene sah, wich alle Farbe aus seinem Gesicht. Der Mann zog einen kleinen Auslöser aus der Tasche und lächelte auf eine irgendwie selige Weise.

»Bombe!«, schrie der Sergeant Major und hob sein Nadelgewehr, um den Attentäter auszuschalten. Im gleichen Moment riss Stockwell den Präsidenten zu Boden und dessen Personenschutz nahm ihn in die Mitte. Lester zog den Abzug seiner Waffe bis zum Anschlag durch.

* * *

Elias Washington bemerkte den Legionär, der auf ihn zukam. Ihre Blicke kreuzten sich und der andere erkannte, was vor sich ging, als Elias den Auslöser des Sprengsatzes aus der Hosentasche zog.

Der Legionär feuerte. Elias lächelte.

Endlich keine Albträume mehr!, war alles, was er dachte, als die Hochgeschwindigkeitsprojektile den Körper des Attentäters durchschlugen. Mit der letzten Bewegung seiner Finger löste er die Bombe aus.

* * *

Lieutenant Tammy Rogers befand sich außerhalb des Gebäudes, um die Absperrungen zu inspizieren, als Lesters Warnung sie erstarren ließ. Ihr Blick zuckte in Richtung des Gebäudes, als auch schon eine gewaltige Detonation die Grundfesten der Anlage erschütterte. Flammen schlugen aus allen Fenstern, und noch während Tammy zusah, stürzte das Gebilde unter Krachen und Getöse in sich zusammen.

Tammy konnte nur hilflos danebenstehen. Es gab nichts, was sie noch hätte tun können. Als der Schutthaufen vor ihr langsam zur Ruhe kam, sank sie zutiefst erschüttert auf die Knie – und schrie ihre ganze Wut aus dem Leib.

Fortsetzung folgt ...

Printed in Poland
by Amazon Fulfillment
Poland Sp. z o.o., Wrocław

21809053R00059